新来的同学

[英] 大卫·阿尔蒙德 / 著
[西] 玛尔塔·阿尔特斯 / 绘
盛雪 / 译

中信出版集团 | 北京

图书在版编目（CIP）数据

新来的同学 / (英) 大卫·阿尔蒙德著；(西) 玛尔塔·阿尔特斯绘；盛雪译. -- 北京：中信出版社，2022.8（2023.6 重印）
书名原文: Brand New Boy
ISBN 978-7-5217-4477-4

Ⅰ. ①新… Ⅱ. ①大… ②玛… ③盛… Ⅲ. ①儿童小说－长篇小说－英国－现代 Ⅳ. ①I561.84

中国版本图书馆CIP数据核字(2022)第097759号

新来的同学

著　　者：[英] 大卫·阿尔蒙德
绘　　者：[西] 玛尔塔·阿尔特斯
译　　者：盛雪
出版发行：中信出版集团股份有限公司
（北京市朝阳区东三环北路27号嘉铭中心　邮编　100020）
承 印 者：北京中科印刷有限公司

开　　本：880mm×1230mm　1/32　　印　　张：10.5　　字　　数：190 千字
版　　次：2022 年 8 月第 1 版　　印　　次：2023 年 6 月第 2 次印刷
京权图字：01-2022-3420
书　　号：ISBN 978-7-5217-4477-4
定　　价：38.00 元

服务热线：400-600-8099
投稿邮箱：author@citicpub.com

献给

简·温特博特姆

——大卫·阿尔蒙德

献给

贾维和朱伦

——玛尔塔·阿尔特斯

NEW!

目录

第1章
班里来了个新同学

01

新来的同学

一开始，我们以为只是来了一个跟我们一样的孩子而已。我们当然是这么想的，不然呢？春季学期[①]只剩下最后一个星期，他在周一上午的全校大会上第一次出现在我们面前。大会由胡利函校长主持，我们发觉她似乎有些激动。她今天身着绿色花呢套装，脚蹬一双锃光发亮的黑色高跟鞋，头发也一根不落地染过烫过。她紧盯着礼堂的后门，似乎在等谁将它推开。

她讲来讲去还是那些东西，比如校园霸凌有多么可怕。

她还要问我们："是不是这样啊，孩子们？"

---

① 英国中小学每学年有三个学期：秋季学期（九月初至十二月中旬）、春季学期（一月初至三月底）、夏季学期（四月中旬至七月初）。——译者注（后文注释如无特殊说明均为译者注。）

我们当然得说“是”。

“是的，胡利函校长！是的，胡利函校长！”——要不然说什么呢？

同往常一样，我和马克西·卡尔坐在一起。我们常玩儿一个不好好说话的游戏，就是像动物或者像压根儿不会说人话一样嘟嘟囔囔。

“咦哎呜哎呃！”我们嘟哝着。

马克西吊着肩膀，两手下垂，跟个猿猴似的。

“没错，孩子们，”她继续说道，“我们必须对同学友爱，特别是对那些有困难的或者遇到麻烦的同学。我说得对不对啊，孩子们？”

“对的，胡利函校长。”

“咦哎呜哎呃！”

她又朝后门看了一眼。不过什么都没有。她眨了眨眼，皱了皱眉，又咧嘴笑了起来。她的手指在空中点了几下，然后看向麦肯纳老师。于是，麦肯纳老师便弹起钢琴。接着，伊马尼老师也指挥起她的小型乐团，有人拉小提琴——刺啦，有人吹竖笛——呜呜，还有人敲铃鼓——砰啪！

胡利函校长张开双臂。

“孩子们，把声音放出来！”她大声说道，“唱起来！大声唱起来！”

她的脑袋都快扬到房顶上去了。

“让你们的声音飘到天上去！”

然后我们便唱起了每周一上午都会唱的那首歌：

“世间的万物明亮而美好，

所有的生灵伟大又渺小，

世间的万物智慧且奇妙，

造物主将所有一切创造。”

坐在前排的低年级小娃娃们唱得跟平时一样，音调又高，嗓音又甜。我和马克西则是一边唱，一边吸气，发出来的声音跟鬼叫似的，好像下一秒就要咽气了：

“噢哎哎呃呦咦呦。呦嗷噢唉哞嗷。”

坐我们旁边的几个孩子咯咯地笑了起来。但坐在我们这排最边上的萨奇老师却生气地瞪了我们一眼。

胡利函校长舞动双手，指挥我们所有人。突然，后门被

人推开。她惊喜地跳了起来，随后张开双臂，对走进礼堂的女士和男孩表示欢迎。胡利函校长挥挥手，示意我们接着唱；又挥挥手，示意乐团继续演奏；最后朝那两个人挥挥手，大概是请他们坐在体育课用的条凳上。他们坐下之后，胡利函校长又朝他们招手，似乎是请他们跟我们一起唱，不过他们没有加入进来。那位女士和那个男孩双唇紧闭，一动不动地盯着我们所有人。

我们终于把最后那句“造物主将所有一切创造”唱完了。我和马克西哼哼唧唧的，像两头濒死的蠢猪。麦肯纳老师的双手仍在琴键上华丽地飞舞，最后以几个强音作为结束。小提琴、竖笛和铃鼓的声音也停了下来。

胡利函校长拍拍手表扬了我们，说我们唱得太好了。

“没错！”她大声说道，眼睛里放射出愉悦的光芒，“的确是造物主将所有一切创造！”

她弯下腰，对坐在条凳上的女士低声说了些什么。那位女士绽露出甜美的微笑，二人又低声交谈了一会儿。之后，胡利函校长跟男孩握了握手，将他带到我们面前，好让我们能好好地打量一下他，他也可以好好地打量一下我们。

她告诉我们："这位，就是大家的新同学。"

胡利函校长笑容满面地看着我们，因为她终于把这个孩子盼来了。

我们全都注视着他。这个男孩面色苍白，衣着整齐，个子比我矮一些。他下身是深蓝色的裤子，上身是浅蓝色的衬衫，脚上是一双锃光发亮的黑皮鞋。浅金色的头发紧贴头皮，梳得一丝不苟。

"他的名字叫乔治。"胡利函校长说道，"孩子们，来跟乔治打个招呼。"

于是大家开口说道："乔治，你好。"

不过我和马克西发出的声音却是："咦噢嗷。"

乔治什么也没说。他看起来并不紧张，但也没有笑意。

“乔治，”胡利函校长说道，“欢迎来到达尔文街小学。”

他凝视着胡利函校长，然后把视线转向我们。

“我们原以为乔治上周就能过来。”胡利函校长的眼睛睁得大大的，笑容满面地看着他，“但你似乎还没有准备好，是吧，乔治？不过你到底还是来了。虽然现在只剩下一个星期，但我们大家都因为你的到来而感到高兴。”

乔治什么也没说。

她弯下腰，端详着乔治。

“他真是个了不起的孩子，对吗？”

有些学生附和道：“对——！”

我和马克西嘟哝着：“咦哎。”

“好极了。孩子们，我们都知道这学期只剩下一个星期了，所以我们要抓紧时间欢迎乔治加入我们。答应我，一定要把你们在学校里的所有小窍门都告诉他，还有各种各样、大大小小的事情，包括同学间的趣事，还有你们家里的情况，全都告诉他。我知道你们一定会的。能做到吗，孩子们？”

“能——！”

“咦哎！”

胡利函校长笑容满面地看着我们。

“非常好。我们一定要让乔治永远记得在这里上学的日子。就让他去萨奇老师班上吧。”

我和马克西轻轻推了一下对方。她说的就是我们班。

“好了，我们既智慧又亲切的各位老师，还有我们既机灵又出色的孩子们，现在该回去上课了。”

02 你好，乔治！

回教室的路上，我们经过胡利函校长的办公室，看到乔治和那位女士也在里面。那位女士身穿奶油色套装，双手撑开一只黑色的包，胡利函校长正低头往里面看。乔治站在旁边，目光穿过打开的门望向走廊。马克西朝他竖起大拇指，但乔治没有任何动作，脸上也毫无表情。

“这人好像挺有意思。”马克西说道。

“嘿，丹尼尔！”胡利函校长大声喊道。

我停下脚步，走到办公室门口。

“您叫我吗，胡利函校长？”

她示意我到办公室里去，于是我走了进去。

“这位是克丽丝特尔小姐。”校长说道。

我向她问好。克丽丝特尔小姐亲切地对我笑了笑，说非常高兴认识我。

“这个孩子叫乔治。”校长又说道。

“嗨。”我一边说着，一边向他伸出手。我觉得胡利函校长希望我这样做。但乔治只是看着我的手。

“跟丹尼尔握握手吧。”克丽丝特尔小姐说道。

乔治于是也伸出手来，让我握了握。我感觉他的手是冰凉的。他直视着我的眼睛，我发现他的眼睛是淡蓝色的。

“还要打招呼，乔治。”克丽丝特尔小姐说道。

但他什么也没说。

克丽丝特尔小姐对我笑了笑，然后在乔治耳边低声说了些什么。

“你好。”乔治说道。

他的语气很平淡，脸上也没有表情。

“做得很好，乔治。”克丽丝特尔小姐说道。

她朝我点点头，仿佛也在夸我。她拿起笔，似乎在填什么表格。

“能麻烦你带乔治到班上去吗？”胡利函校长问道，“萨奇老师应该在等他了。”

“遵命，校长。”

她的眉毛竖了起来。

“好的，校长。”我改口道。

“好孩子，谢谢你。那你们现在就过去吧。”

克丽丝特尔小姐把手搭在乔治肩上，让他面向我。

“谢谢你，丹尼尔，”她说道，“你真是一个乐于助人的好孩子。”

我带着乔治离开办公室，来到走廊。

“她是你妈妈吗？”我问他。

他什么也没说，于是我也不说话了。

我们经过其他教室。学生们都已经在各自的课桌边坐好，每天早上都是如此。这太奇怪了。我们为什么每天早上都要这样？成群结队地来到学校，在全校大会上排队坐好，听的还是那些话，唱的还是那些歌，走进四四方方的教室里，坐在方方正正的课桌边，听一本正经的老师说个没完？为什么就没有人发觉这有多奇怪呢？他们为什么全都像机器人一样？难道只有我和马克西能发现这其中的怪异之处吗？

我问乔治："你之前读的学校也是这样吗？"

他没有回答。但我猜应该差不多。据我所知，所有学校都是一样的——都那么奇怪。我和马克西最期待的就是学期结束，迎来自由自在的生活。我们会到科根林地去，在那里发疯似的玩儿。啊，科根林地！走过几条短街，穿过一栋栋房屋之间的小路，就能到达科根林地。但我们觉得那里就像是另外一个世界。自由！我们已经等不及了。

"乔治，"走到班级门口的时候，我问他，"你去过科根林地吗？"

他看着我。

"科根林地，"我说道，"纯天然的好地方。"

"'林地'是有很多树的地方。"乔治说道。

"你说得对。"

"'妈妈'是'母亲'的口语说法。"他又说道。

我停下脚步，疑惑地看着他。

"嗯？"

"'母亲'是生下孩子的女人。"

他说话的时候嘴唇几乎不动，这太奇怪了。

“行吧。”我说道。

我还想再问他一些问题，但萨奇老师恰好把门打开。

“你好，乔治！”老师说道，“欢迎你加入新的班级，小伙子。”

03
非常聪明的男孩

乔治和萨奇老师站在教室前面。

“你能来到这个班级是我们的荣幸啊，小伙子。”他对乔治说道。

乔治什么也没说。

于是萨奇老师改问同学们：“大家说是不是啊？”

“是的，萨奇老师。”有些人回答，我们并不知道为什么。

萨奇老师咧开嘴笑了笑，身体似乎有些颤抖。他今天看上去对自己非常满意。身上是一套绿色的西装，橘色的领带系得很紧，脸上粉扑扑的。

“路易丝！”他喊道。

路易丝抬起头。

“您叫我吗，老师？”

“先让乔治坐在你们那桌吧。”

“太好了！”路易丝说道。

我跟路易丝是同桌，本来我旁边坐的是马克西，但我们俩昨天在数学课上聊天讲笑话，他就被老师调到别的地方去了。于是，我旁边的位置就空了出来。

“就是那张椅子，乔治。”他指着我旁边的座位说道。

乔治没有任何动作。

“他们几个都是好孩子，”萨奇老师补充道，“不过你也不需要太在意旁边那个人。”萨奇老师说着，调皮地对我使了个眼色，“他总是想装出一副蠢样子，可别被他骗到了。”

萨奇老师再次抬手指向我旁边的椅子。

“去吧，”他说道，“那是你的座位了。”

乔治顺着他手指的方向看了过来，但身体却还是一动不动。萨奇老师把手搭在他的肩膀上，轻轻地推了推。终于，乔治走了过来，在我旁边的椅子上坐下。他看着我，但那种眼神就像是完全不记得我们刚才已经讲过话一样。接着，他又看向对面的路易丝和比利·多兹。路易丝会拉小提琴，刚刚在全校大会上演奏乐器的人里就有她。比利在毛衣上别了一枚他自己做的徽章，上面写着“手席①园艺师”。

“你好，乔治。”路易丝说道。

“咳咳，”比利开口说道，“你们猜，米的妈妈叫什么？”

又是冷笑话。我们全都呻吟起来，只有乔治什么也没说。

“花，”比利说道，“因为‘花生米’。”

路易丝翻了个白眼，但对乔治依然保持微笑。看得出来，她认为乔治只是有些害羞罢了。萨奇老师举着一个托盘走了过来，把它放到乔治面前。托盘里有一支钢笔、一支铅笔和几支彩色铅笔，有我们上识字课和算术课用的练习本，还有美术课要用的一个超大的绘图本。

---

① 比利把“首席”误写成了“手席”。

就在这时，克丽丝特尔小姐走了进来，在门口的一张椅子上坐下。她随身带着那只黑包，手里拿着本子和笔。我们全都转过身去看她，除了乔治。

“孩子们，不要把注意力放在我身上，”她说道，“你们可以叫我克丽丝特尔小姐，但当我不存在就好。抱歉打扰您上课了，萨奇老师。”

萨奇老师冲她笑笑，然后从托盘里拿出一支铅笔。

“你知道该怎么用这些东西吗，小伙子？”萨奇老师问道。

乔治接过铅笔，看了看，然后打开一个练习本，开始在上面写字。他的字干净利落，而且通篇整整齐齐。我从他肩膀上方看过去，只见他写道：

“我的名字叫乔治。我十一岁了。

我是一个善良、快乐的男孩。

我非常高兴来到这里。”

写到这儿，乔治放下了铅笔。

“你的字绝对达到了顶尖水平，乔治，”萨奇老师说道，“这真是一个很好的开始，期待你将来在班上有更加优异的表现。”

萨奇老师向克丽丝特尔小姐竖起大拇指，但她立即摇摇头，似乎是在告诉他应该当她不存在。

路易丝隔着课桌，把身子探过去看乔治的练习本。

“你的字写得真漂亮，乔治。”路易丝有时候说话的语气就好像她是我们的老师一样，“你难道不觉得乔治的字写得很漂亮吗，比利？”

比利看了看他自己的本子，上面乱七八糟，一片潦草。

“咳咳，”比利再次开口说道，“你们猜，米的外婆叫什么？”

“你可别再讲你那些冷笑话了，比利。”路易丝说道，“丹尼尔，你难道不觉得乔治的字写得很漂亮吗？”

我打开自己的本子，上面是我画的住宅区和科根林地。

“觉得。”我心不在焉地说道。

“写得真好，乔治！”路易丝赞叹道。

乔治什么也没说。

我朝马克西的方向看过去。窗外有一群鸽子正飞快地划过天空。鸟儿啊，像鸟儿一样自由，就是我和马克西现在的愿望。

“那么现在，”萨奇老师说道，“就让我们像平时一样开始今天的学习吧。大家都活跃起来，给你们的小脑袋瓜充充电，让它们就像你们灵活的身体一样，能伸展、旋转，还能跳跃、冲刺！”

“哦，完蛋了。”比利痛苦地呻吟道。

路易丝在椅子上坐好，腰板挺得笔直，拳头也攥了起来。

萨奇老师拍了拍手，睁大双眼，略作停顿。“三，二，一！”他突然说道，“现在开始！ 7加6？”

“13！”所有人一齐喊道。

“12乘3？”

“36！”

“7加4加3减9？”

“5！”路易丝和另外几个人立马给出了正确答案。

萨奇老师再次暂停，举起一根手指，在空中停留片刻，然后语速飞快地说道：“10加10加7加10加9减2？”

“44！”又是路易丝。

“12除4乘10乘10减9？”

“291！”跟马克西同桌的凯瑟琳·福斯特喊道。

萨奇老师咧着嘴笑起来。

“10加10加10加10加9减10？”

“39！”好多人一起答了出来。

“25乘6乘10？”

“1500！”还是路易丝。

“回答正确！”萨奇老师说道，“50乘50减100？”

出现了短暂的停顿。

“2400？”凯瑟琳·福斯特试探着答道。

“答对了！ 9乘7乘3乘10？”

这次是长时间的停顿。教室里一片安静，就在这时……

“1890。”乔治答道。

“12减3，乘8加100，除8？”

“21.5。”乔治答道。

我们全都看向他。

“23乘726？”

“16698。”

他的眼睛没眨，嘴唇没动，目光也没有投向任何人。克丽丝特尔小姐在做笔记。

萨奇老师拍起巴掌，咧嘴笑着。

“99 乘 5 乘 42 除 6 乘 10？”

“34650。”乔治说道。

“他算得对吗，老师？”路易丝问道。

“我也不知道啊，路易丝。”

萨奇老师先在纸上写出来，然后在计算器上按了几下。

“74 乘 45 除 6 加 2356，除 8？”

“363.875。”乔治脱口而出。

萨奇老师又按了几下计算器。他微笑着看向乔治，然后看向我们所有人。

“答对了！”他说道，“算得真准，乔治。”

每个人都注视着乔治，除了在做笔记的克丽丝特尔小姐，而乔治则盯着窗外。鸟儿再一次飞快地划过天空。

“乔治，你到底是怎么算出来的？”路易丝问道。

“我是一个非常聪明的男孩。”乔治说道。

“你当然是一个聪明的男孩！”萨奇老师说道，“当然，你们每个人都很聪明，只不过体现在不同的方面而已！”

鸟儿在学校的屋顶上空盘旋鸣叫。有几滴雨落在了教室的窗户上。乔治凝视着窗外的雨水。或许他就是那种看起来很迟钝，但却天赋惊人的孩子吧。我朝他靠过去，仔细地盯着他。

“你从哪里来啊，乔治？”我问道。

他转过头来，淡蓝色的眼睛看着我，却什么都没有说。我又问了一遍，但被萨奇老师打断了。

“那么现在，”他说道，“我们就不要缠着新同学问东问西了，好吗？”

于是我又把注意力放回到自己画的科根林地上面。它就在那里，只要穿过一栋栋浅色的房屋，经过一座座四四方方的花园，再走过一条条笔直的街道，就能到达这个让我心心念念的地方。

“好啦，你们的脑袋都已经充满电了。”萨奇老师说道，“现在，就让我们学习一些历史和地理知识，了解一下大冒险时代吧！”

04

我想去的地方

萨奇老师展开一幅巨大的世界地图。

“大家以后会记得，”他说道，“在人类航海的很长一段时间里，采用的都是第一批探险者开辟出来的航线。这些伟大的探险家有……”

“瓦斯科·达·伽马！”有人大声说道。

“哥伦布！”

“马克西米利安·卡尔！”马克西喊出了自己的全名。

同学们都笑了。

“麦哲伦！”

“韦斯普奇！”

还有我——我在心里想。

“没错，”萨奇老师说道，“他们都是伟大的探险家。”他朝马克西笑了笑，“不过，倒也不一定全都是！”

他在巨大的正方形地图上勾画出他们的航线。

“他们沿着这些航线，发现了全新的世界！他们翻过大山，穿过浮冰，越过海洋，进入了广大的未知区域！当时，船上的许多冒险者心里都充满了恐惧。他们能找到回家的路吗？他们会被野蛮人吃掉吗？会被海洋里的大怪兽吞到肚子里去吗？他们会从世界的边缘掉下去吗？”

“那他们到底为什么还要去呢？”比利大声问道。

“因为他们同时也梦想着能够找到巨大的财富啊！”萨奇老师答道，“而且他们非常勇敢，不顾一切，向往自由——”

“而且愚蠢。”比利说道。

“还有可能，”马克西接下去说道，“他们只是讨厌自己生活的地方而已。”

“没错！”萨奇老师说道，“的确也有这种可能。他们或许已经厌倦了每天烦恼忧虑，巴不得抛弃过去的生活。而有些人离开，可能是为了告别过去犯下的罪行，也有可能是为了结束一段悲痛或失落的日子……”

萨奇老师指着地图中浩瀚的蓝色海洋。

“想象一下，”他说道，“一望无际的蓝色海面上波涛汹涌，而你能依靠的只有一艘木制的小船。想象一下，船下海水的动静有多可怕，天上一望无际的空虚又有多恐怖。你无时无刻不面临着死亡的恐惧。大家觉得咱们班里谁有足够的勇气踏上这样的旅程呢？”

“反正我没有。”比利说道。

我不禁哼了一声，因为我看出来萨奇老师要干吗了，肯定是让我们想象自己就在那样一艘船上，然后写篇作文。

我可不想坐船去探什么险。我只想背上我的登山包，和马克西一起离开这里。

我发现乔治把目光转移到了我摊开的本子上。

“这才是我想去的地方。”我对他说道。

他低下头，摸了摸我的画。

“喜欢吗？”我问道。

他什么也没说。

“那里就像是另外一个世界。”我说道。

克丽丝特尔小姐在观察我们。

她在做笔记。

我想去问问她为什么要监视我们。我想挡在她和乔治之间，让她看不到乔治在做什么。

我指了指画里的溪流、小径和树木，告诉他穿过住宅区进入林地的路线。

“这里是围绕着女巫树的林间空地，”我说道，“这里是巨人的坟墓，这里是睡莲池塘。”

他的眼神毫无变化。

“你会爱上那里的，”我说道，“一定会的。”

05

奇怪的新同学

课间的时候，外面下起了雨，但还没有大到老师会允许我们待在教室里不出去的程度。有几个人哼哼唧唧的，但萨奇老师只是笑了笑。

“你们不想出去吗？”他问道，“你们觉得费迪南·麦哲伦和他的同伴们如果遇到课间下雨，会想要待在教室里吗？”

“他们应该待在室内的，”比利说道，“这样安全多了。”

萨奇老师又笑了。

“你们这群孩子得出去呼吸一下新鲜空气了，”他说道，“你们需要跑一跑，活动活动这两条腿，让心脏怦怦地跳动起来。”

“那他呢？”比利问道。

乔治仍然一动不动地坐在课桌边，没有看任何人。

“啊，我听说乔治的心脏好像有些虚弱。”萨奇老师说道。

比利翻了个白眼。

“要我看没什么问题。”

克丽丝特尔小姐点了点头。

“萨奇老师讲的是事实，”她说道，“所以我们必须好好照顾他。”

“以及他脆弱的皮肤，”萨奇老师补充道，“我说得对吗？”

“没错。”她答道，“等天气晴朗一点儿，他或许就可以出去跟大家一起玩儿了。”

“他一定会非常开心的。”萨奇老师说道，“你觉得呢，乔治？”

乔治没有回答。

“好啦，”萨奇老师说道，“你们都出去玩儿吧。”

我们全都走到室外。这太奇怪了，为什么老师叫我们成群结队地出去，我们就得成群结队地出去？为什么老师叫我们成群结队地回去，我们就得成群结队地回去？

一出教室，比利就直奔他的园艺工具棚，就在用篱笆围起来的小花园的一角。他特别喜欢在那儿待着，倒腾他的种子啊幼苗啊什么的。

我透过窗户望向教室里面。

我看到胡利函校长走进教室，与萨奇老师和克丽丝特尔小姐一道在乔治身边坐下。克丽丝特尔小姐伸出手，抚摸着乔治的脸颊。接着，萨奇老师和胡利函校长也都摸了摸他的脸。可乔治躲也不躲。胡利函校长靠得特别近，直勾勾地盯着乔治的脸。可乔治动也不动。大人们交谈着，神情十分严肃。克丽丝特尔小姐在做笔记。这时，科学老师分子·马克斯走了进来，对着乔治拍了几张照片。他又握住乔治的手腕，似乎在检测他的脉搏。不过，分子老师似乎对乔治的耳朵格外感兴趣。

这时，马克西走了过来。

我们并排站着，朝教室里看了一会儿。

“你说他到底是从哪儿来的呢？”马克西很纳闷。

“可能是福利院什么的，也有可能之前生过病吧。”

“兴许他有点儿什么毛病。”

我们隔着窗户，看着教室里的乔治，也看到教室里的其他人围着他团团转。

“他们为什么一会儿戳戳他，一会儿碰碰他？”马克西问道。

“别动他！”我说道，尽管我知道他们都听不到我说话。

“不过，他也真的是奇怪啊，是吧？”

“比我们还奇怪吗？”

“什么？”

“我们才奇怪吧，不是吗？”我说道，“每天早上都像僵尸一样来到这个鬼地方。”

“你说这个啊，”马克西说道，“那确实是很奇怪。”

我们看着校园里的孩子们。

“如果他们肯停下来思考一分钟，”我说道，“就能看清这一切有多奇怪。”

“你们这群怪胎！”马克西冲他们喊道。

“你们都是疯子！”我也喊了起来，“醒醒吧！你们都睡着啦！”

但没有人搭理我们。

有个小孩拍打着自己的屁股，假装是在骑马，一颠一颠地跑到我们面前。他仰起头，发出马嘶鸣一般的声音，又一颠一颠地跑走了。

马克西不屑地哼了一声，然后开始一瘸一拐地绕圈。脚步拖拖拉拉，脑袋摇摇晃晃，嘴里咕哝着，呻吟着。

“我是僵尸，”他哼哼道，“我是活死人。我要吃人肉，我要喝人血。”

我跟他一起摇晃起来。

"我是弗兰肯斯坦[1]，"我也嘟哝道，"我是超级大怪物。"

有些学前班的小姑娘正在扮演小精灵，她们摆动双臂，在雨中跳舞，还用舌头去接雨水，像小鸟一样叽叽喳喳地叫着。

① 出自英国作家玛丽·雪莱的小说《弗兰肯斯坦》，又译《科学怪人》。书中的科学家弗兰肯斯坦用不同尸体的各个部位拼成了一个怪物并赋予它生命。后常用"弗兰肯斯坦"指会毁灭其创造者的失控的创造物。

马克西和我就这么一边咆哮着、呻吟着，一边晃晃悠悠地接近她们。

“小精灵们！”马克西嘟哝道，“我要把你们吃掉！”

“食物！”我也呻吟道，“好好吃，好好吃！”

露辛达·布莱尔和赫莉·霍尔尖叫着跑向南特·诺亚。她是我们学校的一位管理员，此刻正身穿反光的荧光色上衣守在大门口。她吹响手里的哨子，指着我们。

“你们两个！”她朝我们尖叫道。

“哪两个？！”马克西大叫。

“就你们两个！”

“我们两个？！”我也叫了回去。

“就是你们！离这些小孩远点儿！”她尖叫道。

“什么？！”我喊道。

“你要说‘您说什么？’！”她大喊着纠正我们。

“您说什么？”我听话地喊了回去。

“不要吓唬她们！”

“就是！”露辛达尖叫道，“别再吓唬我们啦，你们两个愚蠢的大坏蛋！”

她咯咯地笑了起来，这让管理员南特把怒气转向了她们。然而，露辛达和赫莉互相攀在对方身上，笑得更开心了，叫得也更大声了。

南特用力跺着脚，挥挥手把她们赶走了。

两个在水坑里扭打在一起的男孩又惹她吹响了哨子。一个叫杰克·波洛克，另一个叫布鲁斯·皮姆。他们从二年级开始就成了死对头，谁也不知道是怎么回事。可能就连他们自己也搞不清楚吧。或者他们就是喜欢有事没事打一架，在水坑里把自己弄得又湿又脏。听到哨声，他们从水坑里爬了起来。但是南特一扭头，他们马上又大笑着叫唤起来，再次发动攻击。

露辛达跟赫莉跳着舞绕到我们面前。

“再吓我们啊！”她们说道。

“来啊！”她们说道。

“求求你们了！”

于是我们又开始像僵尸一样走路，咆哮着，嘟哝着，而她们就像是遭遇了致命的危险一般惊声尖叫。等她们跑远了，我们俩就把对方当成目标。马克西贴了上来，仿佛马上就要咬上我的脖子。我号叫着，呻吟着，求他饶我一命。

然后，我话锋一转。“那个女的怎么样？”我问道。

马克西哼了一声。“那个女的”其实就是刚刚跟他爸爸结婚的女人。她已经和他们在一起生活了好几个月了。

“还是那样。”马克西说道。“哦，马克西米利安，”他模仿着她的语气，“进门之前一定要擦鞋底呀，吃饭之前一定要洗手呀。”

露辛达和赫莉又围着我们飘来荡去，伸出舌头去接落下来的雨滴。她们拍着手大声尖叫。

“我们才不怕又老又笨的僵尸呢！”她们甚至唱了出来。

“啊啊啊啊啊呃！”马克西吼道。

“啊啊啊啊啊呃呃呃！”我也吼了回去。

“啊啊啊啊啊啊哈！”两个小姑娘又朝南特·诺亚跑了过去。

嘟——！她吹响口哨。

她用力地跺着脚。

“你们简直要气死我！”她尖叫道。

嘟——嘟——！嘟——嘟——！

假装骑马的那个孩子一边拍着屁股，一边再次从我们面前飞奔而过。

“咴儿咴儿！”他发出马儿嘶鸣的声音。

乔治凝视着窗外，而我们也凝视着他。我朝他挥挥手，但他没有回应。

“太奇怪了。”马克西说道。

“是啊。”我也觉得。

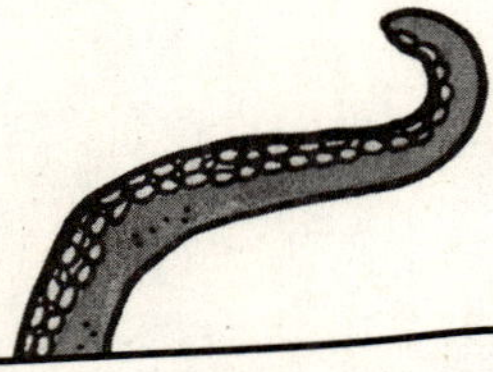

第2章

作文课上的恐慌

06
作文课上

回到教室，事情果然不出我所料。

“现在，”萨奇老师说道，“请大家想象一下，如果你们生活在几百年前，并且即将参与一场危机四伏的探险，去探索一个未被发现的新世界。你马上就要登船，与你的家人和朋友分别。你勇敢无畏，但同时又非常恐惧——”

“但如果我们不想去呢？”比利·多兹问道。

“啊，这个问题非常重要，比利，你问到点子上了，非常好！事实上，当年确实有很多人根本就不想去。他们有些受到了胁迫，有些中了陷阱，有些被打晕过去，有些被灌醉了酒。总之，当他们在船上清醒过来，意识到发生了什么事情的时候，陆地都已经看不到了。比利，或许你可以设想一下这种情况！想象你就是被胁迫的那个。你被人抬上船，然后在恐惧中清醒过来……”

比利哆嗦了一下，撇了撇嘴，然后看向课桌对面的我。我耸了耸肩。

“逃不掉的，哥们儿。”我说道。

路易丝也看向她对面。

“你听明白了吗，乔治？”她对乔治说道。

他没有说话。

“我们得写一个故事，”她告诉他，“你见过大海吗？”

“‘大海’是一片广阔的水域，”他答道，“覆盖了地球表面的大部分地方。”

路易丝眨了眨眼睛。

“你说得对。”她说道。

我想告诉路易丝，就让他自己好好待着吧。但我其实更想说，他又不傻。然而路易丝已经举起手来。

“要我教他怎么写吗？”她问萨奇老师。

萨奇老师看向克丽丝特尔小姐，她点了点头。

“可以啊，”萨奇老师答道，“那就拜托你了，路易丝。”

于是，路易丝便绕到课桌的另一边，同我交换座位，于是就变成我和比利坐在一起了。

“我被胁迫了？”比利问道。

“是的。”

比利开始动笔。我从他肩膀上方看过去，看他胡乱写了些什么。

“猛地一击！”他写道，“我倒了下去，然后我就什么都不知道了。”

萨奇老师和克丽丝特尔小姐一直盯着乔治和路易丝看。克丽丝特尔小姐一直在做笔记。

乔治动笔了。他的手贴着纸面，写出一行又一行整齐的文字。路易丝一直低声对他说：“乔治，你写得真好！”“乔治，你的字真漂亮！”“乔治，你做得真棒！”“乔治，你的拼写实在是太优秀了！”“乔治，你的字迹是多么清晰、工整啊。”

可怜的乔治。这些人怎么就不能放过他，让他一个人好好待一会儿呢？

我什么都没写。我满脑子想的都是这学期什么时候结束，结束以后我要如何享受自由。突然，萨奇老师出现在我旁边。

“还在思考吗，丹尼尔？”他问道。

“是的，萨奇老师，我确实还在思考。我觉得自己有点想法了，老师。”

“非常好。”

我装出一副马上就要开始写作文的样子，但萨奇老师其实对乔治更感兴趣。他拖着步子绕到课桌对面，看到乔治依然在奋笔疾书。

“我的天哪，乔治！”萨奇老师惊叹道，“看看你写了多少。真是了不起！”

乔治抬起头看着他。

“等会儿能给大家读一读你的作文吗？”

乔治什么也没说。

“或许路易丝可以帮帮你。”萨奇老师说道。

路易丝点了点头。

“老师，他真的写得很好。”路易丝说道，但我不得不说，她看上去似乎有些不确定。

克丽丝特尔小姐也走了过来。她拿起乔治的本子，边读边点头，然后在她的笔记本上记了两笔。

“太棒了，”她说道，“写得很好，乔治。”

我低头看了看比利的本子，上面写着：

我没有醒过来。

我死了，所以我不能去冒俭（险）了。

完。

07
乔治的作文

在接下来的作文分享时间里，我发现好多同学都写到了狂风暴雨、惊涛骇浪和人们内心的恐惧。萨努拉·格普塔用她优美的文字，讲述了一个因为远离挚爱亲朋而感到痛苦的故事，赢得了同学们的掌声。迪克·弗林再一次用他的老把戏把我们逗得哈哈大笑。他总是想方设法地把放屁的情节写进作文里，而我们也很期待这次又是谁因为放了个屁最后爆炸了——答案是瓦斯科·达·伽马，原因是他放屁的时候离火太近了。马克西着重讲述了他与一条巨大的绿色海蛇搏斗的故事，他勒死了巨蛇，然后把它的头砍了下来，到处都是深深浅浅的血迹。

接下来，萨奇老师说道："乔治！你愿意给大家读一读你写的故事吗？"

乔治低下头，看了看他字迹工整优美的作文。

“那路易丝，你愿意替乔治读一读吗？”萨奇老师又提议道。

她似乎对此热情不高。

“来吧，”萨奇老师说道，“帮帮我们新来的小伙子。”

路易丝站了起来。

“‘海洋’是大陆之间宽广的水域，”她读道，“世界上有几个大洋，大西洋、太平洋、印度洋等。‘探险者’是前往未知目的地的人。‘船’是能够穿越海洋的工具。在大探险时代，航海的船都是木制的。当时的探险者包括亚美利哥·韦斯普奇、弗雷德里克——”

“放屁者瓦斯科！”迪克·弗林补充道。

“迪克！”萨奇老师正色道，“马上给路易丝和乔治道歉。”

“对不起，路易丝。对不起，乔治。”迪克说道。

“谢谢你的道歉。继续吧，路易丝。”

“这些探险者发现的国家包括……”

芭芭拉·桑切斯举起了手。

“老师！”她说道。

“怎么了，芭芭拉？”

“我以为您是希望我们运用想象力来写故事。”

萨奇老师抿了抿嘴唇。克丽丝特尔小姐加快了记录的速度。

“这个嘛……”萨奇老师犹豫道。

“而且您说过，每个人都是有想象力的。”芭芭拉说道。

“没错……”

这时，乔治突然开口说话了。

“‘想象力’，”乔治说道，不过他的嘴唇几乎没有动，“是人类理解看不到的东西和思考未知事物的能力。想象力据说是人类最高级的能力。”

我们全都看着他，听他说出这些话。而他只是茫然地盯着前面。

“想象力推动人类创造出伟大的成就。想象力是所有艺术与科技的核心。想象力可以用来行善，也可以用来作恶，能给世界带来许多欢乐，也能构成很多危险。想象力的英文是 imagination，来源于古法语的 imaginacion 或拉丁语的 imaginatio……”

他停下来。有什么东西掉到了课桌上。

路易丝发出一声尖叫。

“乔治的耳朵掉下来了！”

08 惊慌的路易丝

克丽丝特尔小姐立马走了过来，拿起耳朵贴在他脑袋旁边。

路易丝瞪大了眼睛，倒抽一口凉气。

“它掉下来了。”她说道。

克丽丝特尔小姐露出微笑。

“没有，”她说道，“它没有掉下来，亲爱的。”

“我看到了！”路易丝说道。

克丽丝特尔小姐再次露出她甜美的微笑。

“乔治的耳朵今天早上确实出了点儿问题。”她笑了笑，指着乔治已经回归原位的耳朵说道，“不管怎么说，耳朵怎么可能会掉下来呢？”

路易丝看向课桌对面的我。

“你看到了吗，丹尼尔？”

我也看着路易丝。我看到了吗？我不知道该说什么。

“就没人看到吗？”路易丝问道。

“我好像看到了什么，”我说道，“但是……”

“比利？”路易丝换了个人问。

“我睡着了。”比利轻声嘀咕道。

“我相信克丽丝特尔小姐是对的。”萨奇老师说道，“不管怎么说，一个人的耳朵怎么会说掉下来就掉下来呢？”他摇了摇头，觉得这种想法本身就很好笑。

克丽丝特尔小姐笑容满面地看着我们所有人。

“我们接着分享作文吧，好吗，孩子们？我们都不希望让乔治更加难堪，对吧？这才是他来到这里的第一天呢。”

“路易丝，”萨奇老师说道，“你愿意继续读下去吗？”

路易丝没有回答，只是盯着乔治看。她放下乔治的本子，对我做了个口型：我看到了！

“那么，还有谁想要分享一下自己的作文吗？”萨奇老师问道。

“我！”帕特里克·麦卡托米尼说道。

他站起来，深吸了一口气，一只手拿起他的本子，另一只手搭在胯骨上。

“暴风雨停止了。”他的声音缓慢而低沉，每当他写出一个充满厄运的故事，他都是用这样的声音读出来，“一切都变得非常安静。我们屏住呼吸。因为我们知道，死亡近在咫尺。船开始摇晃，是的，我们能感受到，怪物从海底游了上来……”

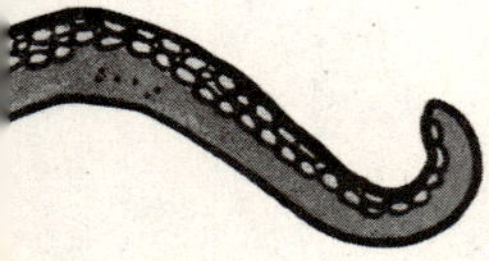

09
突然摔倒的乔治

教室外面，雨已经停了。教室里面，在经过“掉耳朵”事件之后，气氛也逐渐恢复正常，仿佛什么都没发生过一样。乔治安静地坐在那里，听其他人分享作文。不过他又好像根本没在听。等到所有想读作文的同学都读过一遍之后，萨奇老师要求我们继续把故事写完，或者画几幅插图。乔治再次拿起铅笔，用他完美的字唰唰地写了下去。克丽丝特尔小姐坐在他旁边，认真地做着笔记。

可怜的乔治。我觉得他需要跟我和马克西这样的男孩待上一会儿。

快下课的时候，胡利函校长满脸笑容地走了进来。

“孩子们，”她对我们说道，“今天的课上得怎么样呀？”

她微笑着看向乔治。

“我希望大家都能友善地对待新同学，乐于帮助新同学。

乔治，你觉得他们做到了吗？”乔治什么也没说。

“校长，路易丝·米顿说乔治的耳朵掉下来了。”迪克说道。

胡利函校长哆嗦了一下，然后笑了起来。她看向克丽丝特尔小姐，克丽丝特尔小姐先是摇了摇头，然后耸了耸肩。

“哎哟，你们这群孩子呀！”胡利函校长说道，“你们的想象力真是太丰富了！”

她与萨奇老师和克丽丝特尔小姐低声交谈了一会儿，严肃地点了点头。

“好的，”她小声说道，“好的，我知道了。”

我觉得我们应该在午休时间把乔治带到院子里去，让他能好好玩儿上一会儿，也方便我们多了解他一些。

我举起手。

“有事吗？”萨奇老师问道。

“老师，乔治可以踢足球吗？”

“这个嘛，我也说不好，丹尼尔。”

他看向克丽丝特尔小姐。

“我觉得应该可以。”她说道。

克丽丝特尔小姐看了看我。

“你想带他去踢足球吗？”她问道。

“是的。”我答道。

她又在做笔记。

“看来我们得想个办法了。”克丽丝特尔小姐说道。

“所以他能在午休的时候和我们一起踢球吗？”我问道。

“啊，”克丽丝特尔小姐用她甜美的嗓音说道，“至少今天不行。”

“为什么？”马克西问道。

胡利函校长接过话头。

“不论是开始一段新的冒险，还是在新的地方安顿下来，”她说道，“总归是很困难的，不是吗？”她看向克丽丝特尔小姐，克丽丝特尔小姐点了点头，“而且，乔治恐怕在今天午休的时候就要离开了。”

“可他才刚来！”比利惊呼道。

“别担心，孩子们，”克丽丝特尔小姐说道，“乔治明天还会来的，完全没有问题。”

“等他先把耳朵修好吧。”比利嘀咕道。

“他只是需要休息一下，”萨奇老师说道，“乔治是一个比较虚弱的孩子。我们得允许他慢慢地融入进来。”

“他明天就会回来了，”胡利函校长说道，“而且是充满活力地回来，我说得对吧，乔治？”

乔治什么也没说。

下课铃响了。

“好啦，可爱的孩子们，”胡利函校长说道，“你们该出去呼吸一下新鲜空气了。瞧瞧这铃响得多是时候！太阳终于出来了！”

教室外，走廊里已经充满了午饭的味道。根据学校的安排，第一批用餐的低年级学生已经在礼堂里坐好了。扮成精灵的小姑娘看到我和马克西之后，便用手遮住眼睛，装出一副很恐惧的样子。于是我们咆哮起来，惹得她们瞪大眼睛，发出尖叫。我们转身向操场走去。

有人带了足球，于是我们一伙人便踢了起来。这时，一辆闪闪发光的黑色面包车停在了学校大门口。一个男人从驾驶位上下来，拉开了侧门。乔治、克丽丝特尔小姐和胡利函校长从楼里出来，穿过院子，朝面包车走去。

“乔治！你去哪儿啊，乔治？”有几个孩子叫了起来。

“已经受够这里了吗，乔治？”

“今天上午过得还开心吗，乔治？”

“你还会回来吗，乔治？”

他没有理睬任何一个问题，只是一直在走。克丽丝特尔小姐拉着他的手肘，带着他往前走。她对所有人露出了她甜美的微笑。

“别担心，孩子们！”胡利函校长大声说道，“乔治明天就会回来跟大家一起上课了！”

“再见，乔治！”

“拜拜，乔治！”

几个孩子走过去，把乔治围了起来。每次有新生报到，他们都是这个样子。胡利函校长挥挥手试图让他们回去。她笑了起来。

“给这个可怜的小伙子一点儿喘息的空间吧！”她说道。

这时，乔治突然摔倒在地。

他直挺挺地倒了下去，就像被石头什么的击中了脑袋一样。他摔倒之后便躺在柏油碎石路上，克丽丝特尔小姐跪倒在他旁边，扶住了他的头。

那个开面包车的男人走进校园里来。他又高又瘦，穿着牛仔裤和贴身的蓝色衬衫。他向我们招手，好像这里的人他全都认识一样，又好像是在告诉我们不必担心。他抓住乔治的腿，克丽丝特尔小姐则抓住了乔治的肩膀。他们合力把乔治抬了起来，抬进面包车里。随后他们自己也钻进车里，关上了车门。

我们都慢慢地挪到了大门口。胡利函校长试图招呼我们回来，但我们看得出她和我们一样害怕。我们全都站在那里，没人知道现在该做什么，该说什么。学前班的小精灵们就站在我身边。赫莉·霍尔扯了扯我的胳膊。

“乔治还好吗？”她问道。

“是的，”我说道，“当然很好。”

我不知道自己为什么要这么说，其实我根本就不知道他好不好。我想看看车里发生了什么，但车窗上的黑色玻璃阻碍了我的视线。面包车的引擎一直在响。没过一会儿，又有好多老师围了过来。

就在这时，车门滑开了，那个男人走了出来。他又朝我们挥了挥手，然后站到一边。紧接着，克丽丝特尔小姐也走了出来。她微笑着把身子探回车里，把乔治从车里领了出来。

“抱歉让大家担心了，”她说道，“一点儿小意外而已。”

她顺了顺乔治的头发。

“看到了吗？”胡利函校长声音有点颤抖地说道，“根本没什么好担心的，孩子们。”

一时间，谁都没有说话。有人在啜泣。

“乔治！”赫莉·霍尔喊道，“你还好吗，乔治？”

克丽丝特尔小姐在他耳边低声说了些什么。

他朝我们迈了一步。

“我很好，”他说道，“我摔倒了，我又站起来了。”

然后，他一动不动地站在原地注视着我们，但又好像根本没有在看我们。

“好孩子！”胡利函校长突然尖声说道，“今天过得很辛苦吧，乔治？遇见了这么多陌生的面孔，还要面对这么多全新的体验。”

乔治没有回答。

克丽丝特尔小姐搂住了他。

“孩子们，正如大家所见，”她对我们说道，“乔治已经没事了。不过，我们现在要送乔治回他该去的地方了。”

她领着乔治走向面包车。那个男人帮他们拉开了侧门，又帮他们把门关好。然后他自己也回到了驾驶位上。

“明天见！”他朝我们喊道。

他又挥了挥手，接着关上了驾驶位的车门。

我们全都默默地站在原地。

“我们该回去了，孩子们！”胡利函校长说道，“应该已经到第二拨用餐时间了。都回到室内去。年轻人必须得吃得饱饱的才行啊。”

谁也没有动。没有人知道这时该说什么，又该做什么。胡利函校长咯咯地笑了起来。

“快进去，孩子们！恐慌解除！”

我们开始往后退。这时，面包车也开走了。我们只能透过车窗模糊地看到乔治的脸，看到他似乎也在看我们。

第3章

奇怪的新朋友

10 扮演八大行星

下午是分子·马克斯老师的科学课。我很喜欢他，特别是当他像今天这样穿得奇奇怪怪的来上课的时候。他头戴一顶巨大的黄色宽檐帽，身穿一件宽大的黄色毛衣。他坐在讲桌边点名，丝毫不觉得自己的装束有什么怪异之处。他点完了所有人的名字，所有人也都答了到。

“老师，您今天为什么要戴一顶黄色的宽檐帽啊？”达希·威克斯问道。

分子老师没有理会这个问题。

“我们需要空间！”他突然大声宣布。

他从讲桌边跳起来，张开双臂说道：“空间！包围着我们所有人的、巨大的黑暗空间！”

他开始把课桌往墙边推。

“大家都动起来！”他说道，“教室里乱七八糟的东西

太多了，我们根本没地方转圈，也没地方跳舞。把课桌都往后推，留出活动的空间来。”

我们听他指挥，把所有桌椅都挪到了墙边，在教室中间开辟出一小块空地。

“我们需要更大的空间！”分子老师说道，“把这些方方正正的破桌子都摞起来！”

于是，我们又把所有课桌都堆到了教室的一角。

“这还差不多！”他说道。

这时，他的眉头皱了起来。

“不对，如果真想开辟出空间来，我们其实应该把墙推倒才对。我们需要把所有东西都推到太阳系边上去！那么，孩子们，我们该怎么做呢？”

“我们做不到的，老师。”路易丝说道。

“我们当然做不到。”分子老师表示赞同，“所以，我们只能在这个属于我们自己的、狭小的、四四方方的破地方凑合一下。”

他叹了一口气。

“看看这里有多小，看看这里有多窄。”

我们环顾四周。

这间教室的确很小，四四方方的，而且非常狭窄。

“太奇怪了。”我说道。

“怎么奇怪了？”分子老师问道。

“我们为什么每天都要走进这些狭窄的、四四方方的教室？”我说道，“我们为什么每天都要像这样成群结队地走进来，再成群结队地走出去？”

分子老师挥舞了一下拳头。

“问得非常好，丹尼尔！我自己有时也在思考这些问题。你们为什么要这样做？我又为什么要这样做？”

他思索着，挠了挠下巴，又挠了挠头。

“没错，这的确太奇怪了，”他说道，“但我们今天还不能探究如此深刻的问题。我们今天的任务是将这个小空间变成……太阳系！”

他挺直身板，站到教室中间，扶正头上巨大的黄色宽檐帽，然后张开双臂。

“我，”分子老师说道，“就是太阳！”

孩子们笑了起来。比利无语地哼了一声。分子老师指着他。

“而你，比利，将成为土星。”

比利又哼了一声。

“还是说，你更想当天王星？”分子老师问道。

大家都笑了起来。

他让八个人分别扮演八大行星。而我是其中的火星。他将我们按远近次序排好，然后要求我们像沿着轨道运行的行星一样围着他旋转。我们听从他的安排，然后在不小心撞到别人的时候咯咯地笑起来。

“现在，”他轻声说道，“我们已经重现了太阳系的样子。请大家保持安静，就像太空中巨大的裂隙和深渊一样安静。想象一下，你们在周围浩瀚的、寂静的虚空深渊中不停地公转、自转、沿着轨道行进。”

我按他说的做了。我把眼睛闭了起来，逐渐拉开了和别人之间的距离。我是火星，我在空中闪耀，远离了一本正经的学校和学校里四四方方的教室。

分子老师让其他孩子扮演小行星、彗星和流星。他们舞蹈着，穿行在我们八个中间。分子老师站在正中心的位置，唱起歌来。他的歌没有歌词，只有自然流淌出来的奇怪但又甜美的音符。

“跟我一起，”他说道，“创作出属于你们自己的轻柔且美妙的音乐吧。”

好多人咯咯地笑了起来。我听见马克西发出了呻吟声，就像在开全校大会时那样。不过，有些人已经开始尝试。我

也试了一下。我让音符从我嘴里飘出来，与其他人的融合到一起。

不一会儿，分子老师就开心地笑了起来。

“唱吧！”他说道，“听听！你们真是太棒了，孩子们。我们一起创作出了古人曾经听过的音乐，这就是传说中的天体之乐。据说这种音乐能够推动天体的运行，也能感动我们所有人！”

有那么一会儿，教室里的气氛真的非常美妙，非常激动人心。

我好像不再是我，而是火星，我在创作火星的音乐，我就像火星一样舞蹈。这种感觉真的很奇怪，但不是学校里愚蠢的古怪，而是世间万物都有的那种奇异感。

随后，分子老师的歌声停了下来。

他叫我们站好，于是大家安静了下来。

“但是生命！”他低声说道，

同时身体前倾，轮流注视着每一个人，“在这个奇妙的太阳系中，生命在哪里呢？”

“在这里。”年纪最小的伊齐·姆贝培答道。

“没错！”分子老师说道，“因为你是地球。而且，伊齐·姆贝培同学，你与太阳之间的距离是完美的。你不会太热，也不会太冷。你的表面覆盖着液态水。你处在一个非常完美的位置，伊齐。你是一颗能够充满无穷生命的星球。”

“那我呢，”我问道，“火星上面有生命吗？”

分子老师注视着我。

“或许有吧，”他说道，“因为我们认为，火星上过去是有水存在的。可能现在依然有水，不过是在地表以下。或许火星上曾经存在过某种生命形式。或许现在依然存在着某些奇怪且微小的生命形式。”

“外星人吗？”有人问道。

“这取决于我们说的外星人是什么意思，”分子老师说

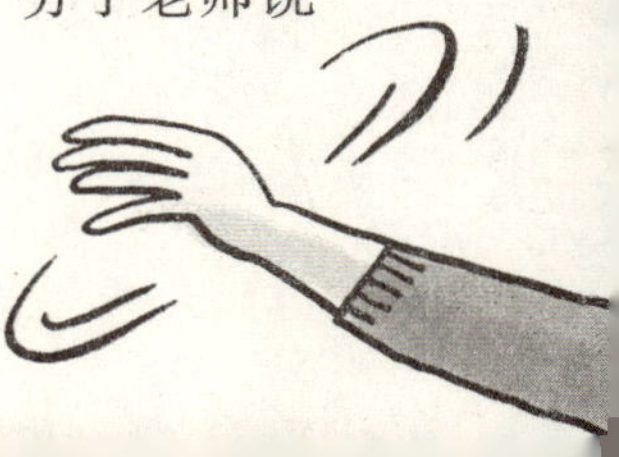

道，“也取决于我们说的生命这个词本身是什么意思。”

他摘下黄色的宽檐帽，脱掉黄色的毛衣。

“现在，我不是太阳了，”他说道，“我是詹姆斯·马克斯老师，有时你们也可以叫我分子老师。”

我们微笑着看着他，他也微笑着看着我们。

“而你们，”他说道，“也再次成为你们自己。你们不再是一颗颗星球。你们是在达尔文街小学读书的人，学校所在的城市叫纽卡斯尔，纽卡斯尔所在的星球叫地球。现在是星期一的下午，今天所处的世纪是21世纪。”

我们放松下来，再次成为我们自己。

“现在，”他说道，“请大家把视线转向窗外，看一看外面的天空。想象一下超越我们自身，甚至超越太阳系的整个宇宙。它的宽广程度实在难以想象。”

我们坐在这间奇怪的、四四方方的教室里，凝视着远处奇怪的、浩瀚无垠的虚空。

“据说，”他解释道，“宇宙中太阳系的数量和地球所有海滩上沙粒的总数一样多。”

比利叹息了一声。

“这足以让我们所有人叹息了，比利，”分子老师说道，“这个数字是不可思议的，难以想象的。每当我们向外看去，都必须问问自己：我们是唯一的吗？在地球之外的某个地方，还存在着跟我们类似的其他生物吗？”

“您觉得存在吗，老师？”伊齐问道。

“我吗？我觉得一定存在。”

“您觉得他们会到地球来吗？”她又问道。

“谁知道呢？可能他们已经来过了。可能他们现在就在我们中间。”

“啊，您发现我了！”马克西说道。

他开始像僵尸一样走路，就像课间时在校园里那样。

“我是外星人！”他说道，“带我去见你们的首领！”

“啊哈！”分子老师说道，“你从哪里来啊，亲爱的外星人？”

“我来自遥远的佐格星球[①]！”马克西说着，翻了个白眼，“不过别担心，我并不危险，给我拿点儿奶酪洋葱味的薯片过来就行了！”

马克西逗得我们哈哈大笑，但我们同时也陷入思考。如果外星人真的存在怎么办？如果他们真的到地球来了怎么办？如果有一天我们想出了去其他星球找他们的办法，又该怎么办？

---

① 佐格星球（Planet Zog）是一个虚构的遥远星球，出自动画片《有来和有去》（*Zig and Zag*）。Zig 和 Zag 是一对来自佐格星球的外星人。

“如果外星人存在，”我说道，“您觉得他们会和我们一样吗？”

“谁能说得准呢？”分子老师说道，“谁都不知道。即使到了现在，科学家们也依然在利用大型望远镜在宇宙中搜寻，寻找跟地球相似的星球，寻找可能有我们这样的生物存在的星球。同时，他们也在寻找来自难以置信的遥远文明的信号。”

他停顿片刻，容我们去想象那些科学家、望远镜和在难以置信的远处可能存在的与我们类似的生物。

“我们现在知道的是，”他继续说道，“即使只在地球范围内，生命也存在着许多奇奇怪怪的形式，生命本身是非常神秘的，而且——”

就在这时，教室的门被人推开。校秘书莫琳·米勒走了进来。

看着教室里的状况，她不由得瞪大眼睛往后退了一步，然后她定了定神才说道：“很抱歉打扰您，马克斯老师，但胡利函校长要丹尼尔过去一下。”

11
学校给我的任务

我不想去。我想留在这间奇怪的教室里，思考太空、奇怪的星球、奇怪的生命和奇怪的外星人，可是没办法，我当然还是得跟着这位奇怪的秘书，穿过奇怪的走廊，路过奇怪的、四四方方的教室，看着奇怪的孩子们奇怪地坐在奇怪的、方方正正的课桌旁边，然后我走进奇怪的胡利函校长那间奇怪的办公室。我发现开面包车的那个奇怪的男人也在里面。他还是穿着紧身的牛仔裤和贴身的蓝色衬衫，脚蹬一双尖头的棕色皮鞋，整个人靠在椅子上，双手交叉垫在脑后，两条大长腿随意地向前伸着。他对我露出微笑，好像完全意识不到自己有多奇怪一样。

“下午好，丹尼尔。”胡利函校长说道。

“下午好。”我说道。

“下午好，丹尼尔。”那个家伙也开口说道。

“下午好。”我说道。

“这位是伊登·马什先生。”胡利函校长说道。

“下午好，伊登·马什先生。”我说道。

他咧嘴笑着，松开双手，身体向前靠过来。他的眼睛是亮蓝色的，头发油亮亮的。我还能闻到他身上须后水的味道。

“我了解了很多关于你的事情，丹尼尔。”他说道。

“是吗？”我其实还想问他：“比如什么事情？”但我没有问出口。

“是的，很多事情，”伊登·马什说道，“而且都是好事。”

胡利函校长冲我咧嘴一笑，看上去和今天开全校大会时一样激动。

“当然，好事里面也掺杂了一点儿孩子气的小事，”伊登·马什说道，“一些小男孩会做的调皮捣蛋的小事。”

他朝我眨眨眼睛。

“我就是那个我，”他说道，“我还是那个我。”

他歪了歪头。

“没有任何人是完美的，对吧，丹尼尔？”

他指着我，靠得更近了。

“没有人。况且，谁会希望自己是完美的呢？”

“我反正不希望。”我说道。

“太好了！你不希望。所以小伙子，你，应该就是我们要找的人。”

“我？”

“是的，我们要找的就是一个不完美的男孩，一个普通的男孩，一个正常的男孩。而你，丹尼尔，似乎恰好符合我们的要求。”

我看向胡利函校长。我想问问她：“他在说什么鬼东西？”

她朝我靠了过来，眼睛里闪烁着光芒。我怀疑她是不是和这个男的一样疯掉了。我想回到教室去，跟傻乎乎的马克西和疯癫癫的分子·马克斯老师待在一起。

“这件事和乔治有关，丹尼尔。”她解释道。

“乔治？”

“是的，我们亲爱的乔治。”

“你觉得他怎么样？”伊登·马什问道。

“我觉得他……还好吧，大概。”

“非常好。所以说，你跟他相处得还可以吧？你觉得他还算能融入这个新环境吧？当然，前提是你已经考虑到他那些有点儿怪异的行为和不够完美的地方。”

我想了一下。没错，他是挺奇怪的，但他比我们其他人更奇怪吗？话说回来，我为什么要跟这么个奇怪的家伙讨论另外一个小男孩？

“他看起来还好吧。”我说道。

“太棒了！”

“可是他现在还好吗？”

“嗯？”

“中午在校园里的时候，他看上去状态不是很好。”

伊登·马什摆了摆手。

“啊，不必担心我们的乔治。他的状况好得很，只不过出了一点儿小毛病而已。只需要一点点关心和爱护，他就能恢复了，甚至比以前还好！”

他脸上露出了甜蜜的表情，就像拿我当个小傻子一样。

“不过还是感谢你的关心，丹尼尔，”他补充道，“我很感动。”

“我也一样。”胡利函校长说道。

“这不恰恰说明我们找对人了吗，胡利函校长？”

“确实如此，马什先生。”

他眯起眼睛，一副要跟我来一场男人之间的对话的架势。

“事情是这样的，丹尼尔。”他对我说道，“我们希望能找一个人，等乔治明天回学校来的时候，这个人能当他的伙伴。”

“他的伙伴？”

“是的。他在学校的时候需要有一个人陪在他身边。而且……”

他深吸了一口气。

“不如这么说吧，丹尼尔，我们正在寻找一个能带他回家喝杯茶的人。”

话说到这里，胡利函校长已经激动得浑身颤抖起来。

“为什么要搞得这么麻烦？”我在心里问他们，“带人回家喝杯茶是什么了不起的事情吗？”

“我们希望乔治，”伊登·马什非常严肃地说道，“能够获得在普通的正常家庭里，跟这个家里普通的正常人——好吧，是不完美而且有些怪异的人——相处的体验。你觉得怎么样？”

我不知道自己该怎么觉得。

“你有一个好妈妈，对吧？”他说道。

我什么也没说。但我当然有一个好妈妈。

“还有比这更正常的家庭吗？”他继续说道，“一个好孩子和他的好妈妈住在一间好房子里。简直完美！你家里没有爸爸，这我知道，但现如今这算什么问题吗？这件事本身就非常正常，不是吗？”

当然没有爸爸。他一发现我出生就不知道跑哪儿去了。从那以后我们再也没有听到过他的消息。我和妈妈一直觉得他跑了才好。

马什看着我，等我回答他的问题。

“是的，”我喃喃地说道，“这很正常。”

“那你觉得你妈妈会同意吗？”胡利函校长说道，“我相信你可爱的妈妈一定会同意的，对吗？”

我耸了耸肩，喃喃地附和着。他们俩真的都太奇怪了。

“他吃得不多，”伊登·马什飞快地说道，“喝得也不多。我们为你妈妈准备了一份小清单，上面写了他什么能吃、什么不能吃。”

“食物不重要，”胡利函校长说道，“真正的目的是通过这次拜访，培养他的社交技能。是这样吧，马什先生？”

“是的，”伊登·马什说道，“那么，你明天能带他回家喝杯茶吗？”

“可以。”

“或许你应该先给你妈妈打个电话问一下。”胡利函校长说道。

她立马就把桌上的电话递给了我。我接过来，输入妈妈的号码。她正在自己开的美容沙龙里上班，店名叫“全新的你”。

“你好，妈妈。”电话拨通后我说道。

“你好，儿子。找我有事儿吗？”

“嗯。我明天能带一个朋友回家喝杯茶吗？”

“当然可以啦，宝贝。”

“他叫乔治，是个新生。”

“好啊，带他来吧。”

“他好像吃得不多。”

“啊，这样的话，我们就得保证让他玩儿得开心才行呀。不过，儿子，我现在得去工作了，马尔登太太的指甲还没做完。”

“好的，妈妈。”我把电话还给胡利函校长。“妈妈同意了。”我说道。

“我们对此深表感激，丹尼尔。”伊登·马什说道。

他又坐回椅子上。

“我们还写了一张小字条，”他说道，“请你妈妈结合清单一起看。她会知道我们需要什么的。”

他递给我一个信封。我把信封放进口袋里。

“好的。”我说道。

“丹尼尔，你现在还不会理解，”伊登·马什说道，“但这些事情，以及你在其中发挥的作用，都将载入史册。”

12 妈妈的疑惑

放学回家的路上，我把整件事都告诉了马克西。他说，乔治要是能远离那些怪人，自己一个人出来玩儿就太好了。他还说，他今天一直在思考，得出的结论是所有孩子都是外星人，只是我们不知道而已。

“我们所有人？”我问道。

“没错。”

“那我们怎么可能不知道呢？”我问道。

“因为我们大脑中的记忆被抹掉了。”

“被谁抹掉了？”

“老师、疯狂的科学家、政客，反正就那种人吧。”

“那我们的父母呢？他们应该是知道的，不是吗？”

“的确，我也怀疑过这一点。但我后来一想，他们肯定也被洗脑了，所以他们记不起我们究竟是从哪里来的，也记不起我们到底是谁。”

“洗脑？被谁洗脑？”

“还是那些人：政客、老师、疯狂的科学家。”

“哦。”我说道。

“这难道不是明摆着的吗？”他说道。

“是吗？”

“是的。你有没有过那种感觉，就是你觉得自己特别渴望、特别向往什么东西，但又说不清你渴望的到底是什么？”

“有过吧。”

“那就是我们遗失的关于母星的记忆在体内躁动。”

“是吗？”

“是的。就好像我们迫切想要回到我们真正的家。”

“回到我们的母星？”

“没错。这不是明摆着的吗？”

我耸了耸肩。

“好吧，马克西，”我说道，“确实是明摆着的。”

马克西就是这样，太犟了。所以跟他聊天的最佳方式就是放任他自己胡说八道。

我们走进威尔夫的小卖店。马克西买了一包奶酪洋葱味的薯片，我买了一包鸡尾酒虾味的薯片。我们的习惯是把整包薯片都塞进嘴里，塞得满满当当的，到几乎嚼不动的程度。然后我们再一点一点地嚼，直到把薯片全都咽下去。最后我们再深深地叹口气，因为薯片实在太好吃了。

“鸡尾酒虾味的薯片是全世界最好吃的东西。”我说道。

“不，”马克西说道，“奶酪洋葱味的才是永恒的美味。”

我们路过绿人酒吧和汉兰的馅饼店，然后就到了妈妈新开的美容沙龙。店面窗户的上半部分用荧光色写着店名“全新的你”。玻璃上其他地方还写着：

“发现全新的你！”

“美发、美甲、化妆、护肤，我们都能满足！”

“专业造型改造！”

我看到妈妈就在里面。她正在给一个绿头发的女顾客做美甲。她看上去很开心，她在工作的时候总是很开心。她看到了我们，朝我们挥了挥手。我也对她挥了挥手，然后和马克西继续往前走。

我们来到了一大片草坪，草坪正中间有一棵樱桃树。从这里出发，就有一条狭窄的小路通往科根林地。我们站在这里，就能看到屋顶也挡不住的树梢。

“晚上出来玩儿吗？”我问道。

“不行。她邀请了牧师今晚来我家。”

“牧师？”

“是的。牧师要来我家吃晚饭，所以我必须得回家。”

“请他干吗？”

“我哪儿知道。”

我同马克西挥手道别，然后往家的方向走。我拿出钥匙，打开后门进去。我把水壶放到炉子上，然后开始切面包，又从冰箱里把果酱拿出来。这时，科什卡穿过门上的猫洞钻了进来。

“你好呀，科什卡。”我说道。

我吃了面包和果酱，喝了一杯茶。然后回到我楼上的房间。科什卡跟着我。等我在床上坐好，它就趴到我的腿上发出咕噜咕噜的声音。

我抬起枕头，把压在下面的泰德拿了出来。泰德是在我还很小的时候，妈妈亲手给我做的小熊玩偶。玩偶外面是羊毛的针织面料，而里面的填料几乎都已经顺着四肢漏光了，这也就是为什么它看上去软塌塌的。它的眼睛其实就是蓝色的扣子。我以前经常用泰德给妈妈表演节目，为它配上各种各样的声音。我们演过很多傻乎乎的短剧，逗得妈妈开怀大笑。

它一直以来都是我的伙伴。它总是知道该说些什么。

“嗨，泰德。”我说道。

“嗨，丹。”我假装是它在回答我。

“你今天过得开心吗？”我问道。

“嗯，开心极了。我今天出门散了个步，一口气走了好远。我还认识了一个住在赢杯巷的新朋友，名字也叫泰德。”

“真不错。我也认识了一个新朋友，他叫乔治。”

“那也不错啊。他人怎么样？”

“挺好的，就是有点儿奇怪。”

“奇怪？”

“嗯，就好像是一个……”

“一个什么？”

“我不知道，泰德。这根本不可能。”

“什么不可能？”

我叹了一口气。我不知道该怎么说。这种想法实在太疯狂了。

“一个……外星人什么的，或者一个——”

“外星人？”

“是的，甚至还像一个……好了，我知道，这太疯狂了。不过我明天就会带他回家来见你了。”

“那太好了，丹。”

我抚摸着科什卡。它还在发出咕噜咕噜的声音。我拿起电话打给马克西。我想跟他聊聊乔治的事情，但他根本心不在焉。牧师已经上门了。那个女的正在谈论让他们全都重生一次的事情。

“重生？”我问道。

“没错，看来只出生一次是不够的。”

我听见那个女的在叫他。

“马克西米利安！请你过来一下。你想跟朋友聊天的话什么时候都可以，但今天的事情很重要！”

过了一会儿，妈妈下班回来了。我到楼下去迎接她。

“今天过得好吗？”她问道。

“嗯，还不错，妈妈。我有一张关于乔治的字条要给您。”

她打开信，读了起来。

“看来这孩子确实吃得不多。几滴橄榄油，一小杯水，

一小块儿不涂黄油、不涂果酱的面包或蛋糕。不能含盐。不能吃任何黏糊糊的东西。不能吃任何热的东西。这样的话，孩子能吃饱吗？不能吧？”

“的确不能，妈妈。”

“你听听这句。我们希望您的家庭是一个普通的正常家庭。请不要做任何特殊的安排。我们希望乔治能跟你们在一起待一个小时左右。之后我们会接他回去。这话是什么意思？普通？正常？”

我耸了耸肩。

“不知道，他们把这件事搞得怪怪的。”

“或许我们可以偷偷地给他喂点儿别的东西。”

“或许吧，我们可以试一试。”

“话说回来，乔治这个孩子人怎么样？”

“我觉得他好像有点儿什么毛病。又好像是生过什么病，然后在医院住了好久那种感觉。”

“那他的家人呢？爸爸妈妈呢？”

“不知道。妈妈，我什么都不知道。”

妈妈笑了起来。

“这样啊，好吧。不过我们很擅长照顾无家可归的小家伙，不是吗？”

她抚摸着曾经是流浪猫的科什卡的背，也抚摸着我的头。她说她要想想该怎么准备。

“普通，”她又重复了一遍，“这到底是什么意思？”

“我不知道，妈妈。”

“太奇怪了，是吧？”

“是的，妈妈，太奇怪了。”

13
成为朋友

第二天早上，那辆黑色的面包车又出现在学校的大门旁边。乔治和克丽丝特尔小姐从车里下来。乔治穿了一条崭新的牛仔裤、一件红色格子衬衫和一双全新的、红蓝相间的运动鞋。乔治脸上挂着笑容。克丽丝特尔小姐身着一条蓝色花朵连衣裙，手里拿着那只黑包，一如既往地露出她甜美的微笑。他们从校园里的孩子们中间穿过，走向教学楼的入口。乔治走得很轻松，手臂前后摆动，看起来比我们上次见到他时好多了。

胡利函校长连忙出来迎接他们。我和马克西就站在附近。

“早上好，乔治！”胡利函校长说道。

“早上好，胡利函校长。”乔治说道。他的笑容很奇怪，像是固定在脸上一样。

“欢迎回到达尔文街！”她说道，“你今天感觉怎么样啊，乔治？”

“我觉得棒极了，真诚地感谢您。”他说道。

“小伙子，听到你这么说我真高兴！”

克丽丝特尔小姐在乔治耳边低声说了些什么。然后，他突然转过身，看向周围的每一个人。

“早上好，亲爱的同学们！”他说道。他的声音比昨天大了一些，也更自信了一些。

“做得很好，乔治。”克丽丝特尔小姐说道。

学前班的小精灵们咯咯地笑了起来。

“再说一次，乔治！”其中一个小精灵尖叫道。

“说啊，乔治。”另一个也说道。

克丽丝特尔小姐再次低声说了些什么。

乔治站得更直了。“早上好，亲爱的同学们！”

小精灵们开心地尖叫起来。

胡利函校长领着乔治和克丽丝特尔小姐来到楼门口。

我回过头，看到伊登·马什从面包车里探出身子。他冲我挥手，又竖起大拇指。我不再看他，而是看着乔治、克丽丝特尔小姐和胡利函校长走进教学楼。

“我觉得棒极了，真诚地感谢您！”一个小精灵说道。

“早上好，亲爱的同学们！”另一个说道。

她们把这两句话编成了一段旋律，然后配合这段旋律跳起舞来。她们咯咯地笑着，不时停下来互相拥抱。

“牧师怎么说？”我对马克西说道。

他哭丧着脸。“别问了。”

“好吧。”

“他说我们可以在河里进行。”

“进行什么？”

“重生仪式。听牧师的意思，好像有很多人都会举行重生仪式。人们去河边，把衣服脱掉，跳进去，再跳出来，这就算经过重生，进入新的人生了。”

“你爸爸怎么想？”

“他没什么想法。不过当牧师问他是否准备好迎接荣耀的时候，他说是，他觉得自己已经准备好了。”

“那你呢？”

“我？你开玩笑吧。我对现在的人生已经很满意了。我对我自己也已经很满意了。”

这时铃声响起，我们开始排队。我们成群结队地走进教学楼。老师叫我们排好队，我们就排好队。老师叫我们不要大声喧哗，我们就不大声喧哗。我们穿过走廊走进教室，因为今天没有全校大会。我们在各自方方正正的课桌边坐好。乔治已经在教室里了，还是坐在我们这一桌。他依然在微笑。

“你好呀，乔治。”我说道。

“早上好，亲爱的同学。”他说道。

我飞快地瞟了一眼他的耳朵，看上去没有任何问题。

萨奇老师开始点名，点到谁，谁就会说：“到！早上好，萨奇老师。”

他喊道：“乔治·壹。”

“到！早上好，萨奇老师。”

“乔治·壹？”我对乔治说道，“你叫这么个名字？”

他看着我。

“早上好，亲爱的同学。”他对我说道。

乔治·壹？我朝马克西做了个口型。

他耸了耸肩。乔治·壹。那又怎样？他还有别的事情要烦心呢。

“好啦，现在就让大家的脑筋活动起来吧。”萨奇老师说道。

比利发出痛苦的呻吟，因为我们又要开始做心算了。而且，乔治又把所有不可能答得出来的题目都答对了。

之后，萨奇老师让我们安静地写一会儿作文。克丽丝特尔小姐走了过来，坐在我旁边。我能闻到她身上的香水味，她的牙齿白得耀眼。

“非常感谢你能邀请乔治去家里喝茶。”她轻声说道。

“不客气。”

“我觉得我们应该在课间的时候聊一聊，”她说道，“简单地解释一下这里面的情况。就你、我，还有乔治。”

“好。”我说道。

我看了看乔治，他正在奋笔疾书。

课间的时候，我跟乔治、克丽丝特尔小姐还有萨奇老师一起留在了教室里。

“这就是我和你说过的男孩，”克丽丝特尔小姐对乔治说道，“他叫丹尼尔。”

他看着我，一副他这辈子从来没见过我的表情。我发现他的皮肤非常光滑，浅金色的头发也十分完美。

“你昨天见过他的，”克丽丝特尔小姐说道，“你们在教室里坐同一张课桌。他是你的朋友。”

乔治眨了眨眼睛。

“‘朋友’，”他说道，“是你愿意与他待在一起的人。‘朋友’是你和他在一起的时候会有安全感的人。‘朋友’是你能跟他分享秘密的人。”

萨奇老师鼓起掌来。

“说得对，乔治。你说得太棒了。这体现出乔治非常强大的理解力，您觉得呢，克丽丝特尔小姐？”

克丽丝特尔小姐看向萨奇老师。

“是的，”她说道，“的确如此。”

她转回头看向乔治。

“而且，”她说道，“丹尼尔要带你回家喝茶。说‘谢谢你，丹尼尔’。”

乔治眨了眨眼睛。

“谢谢你，丹尼尔。”他说道，但嘴唇几乎没动。他的视线转向我，但他好像根本没在看我。

“‘朋友’，”他接着说道，“是你可以跟他闲聊的人。‘茶’是用水和生长在热带——比如一个名为印度的国家——的某种植物的叶子制作的饮品。”

“说得没错，乔治。”萨奇老师说道。

他拍了拍乔治的肩膀。“你真的在进步，小伙子，继续保持。”

克丽丝特尔小姐皱起眉头，匆匆在本子上记了两笔。

“谢谢你，丹，”萨奇老师对我说道，“我就知道我们能指望上你，小伙子。你已经找到合适的伙伴了，乔治。”

我看着外面的校园，所有孩子都在阳光下玩耍、胡闹。我现在意识到，有些人玩儿起来能把自己搞得多邋遢，还有一些人在大人眼中有多疯疯癫癫。

“你看过那张清单了吗？”克丽丝特尔小姐说道，“就是乔治什么能吃、什么不能吃那张。”

“看过了。”

“你妈妈觉得还满意吗？”

“应该吧。”

“很好。我也会跟你们一起回去的。”她说道。

“您也去？”

“不过我会跟你们保持一段距离。我只是需要时刻照看好这个年轻人，把他的状态和行为都记录下来。他不能一个人单独行动，至少现在还不行。不必担心，你们不需要招待我。”

“好吧。”我喃喃地说道。

“今天午休的时候，”克丽丝特尔小姐瞪大眼睛，咧开嘴角，高兴地说道，“为了进一步开发乔治的能力，我们打算给他一个踢足球的机会。”

“太好了！”我说道，而且我是真心的。我笑着看向乔治：“你一定会喜欢的！”

“‘足球’是……”乔治又开始了，但这时上课铃响了，我们该上课了。

14
足球比赛

午休的时候，我们跑去球场，然后开始分队。我说乔治今天应该跟我一队，大家全都表示同意。

我和他一起站在球场中间。

“你和我是一队的，”我告诉他，“所以不用担心，哥们儿。”

他看着我。

“你之前踢过足球吗，乔治？”我问道。

他什么也没说。

比赛开始了，孩子们全都向足球冲了过去。乔治没有动，他只是茫然地看着前面。

我抢到了球，然后带球奔向球门。有人断掉了我的球，之后猛地踢回前场。足球飞过乔治的头顶，他还是没有动。我看到球场边上的克丽丝特尔小姐在飞快地做笔记。

跟我们一个队的乔·林克把球传给乔治。足球在他面前弹了过去，但他一点儿也没动。

“乔治！”乔·林克大声喊道，“快，兄弟！跑起来啊！”

乔·林克愤怒地看着我。

“他什么毛病？我以为他想玩儿呢。”

“我也是这么以为的，乔。”

对方的玛蒂尔达·费尔南德斯拿到球之后，带球围着乔治转了一圈。然后又转了一圈。乔治还是一动都不动。她跑起来，把球射进球门。“球——进——啦！”她尖叫道。

“乔治！”我们队的一个孩子喊道，“你应该把她拦下来的，兄弟！”乔治完全没有因为队友的指责而感到手足无措。

我拿到了球。准备开球之前，我站到了乔治旁边。

“我们0比1落后了，”我说道，但他依然一动不动，“我们得进球。”

我让球滚起来，球碰到了他的脚。突然，乔治垂下肩膀，把球踢到一边，然后带着球跑了起来。对方的孩子们追着他跑，但他绕过了所有人。他转了个圈，再次绕过所有人。他们根本抢不到球。他太快了，他太聪明了。有时候，他看上去就快把球弄丢了，但其实只不过是耍了个花招而已。他再次把球拖了回来。

现在，对方有一大群孩子正围着他横冲直撞。

“传球！”乔·林克喊道。

“传球，乔治！传球！”我们全都喊起来。

他将球弹到膝盖上，用力一击，让球向后飞过头顶，接着用脚跟将球挡住。他一会儿做假动作，一会儿变换方向，一会儿像跳舞一样摇摆起来。

“传球，乔治！”

“往这儿传，乔治！”

“给我头球，乔治！”

他从人群中挣脱出来，全速向球门跑去。在二十米开外的地方，一脚将球射入球门上角。

我们疯狂了。我们从没见过踢得这么好的孩子。我们围着他上蹿下跳，拍着他的肩膀，笑得合不拢嘴。

“刚才那个球太厉害了，乔治！”我告诉他。

“你到底是从哪儿学会这样踢球的？”马克西说道。

乔治什么也没说。他一动不动地站着，茫然地看着前方，好像什么事都没发生过。

比赛重新开始。

“把球传给乔治！”我们喊道。

足球从他头顶飞过，他一动不动。足球从他面前弹走，他一动不动。直到后来，足球碰到了他的脚，他才终于有了反应，立马把球控制住，然后再次带球前进。一个人对抗一整支队伍。他战胜了对方所有人，他们完全无招架之力。

他再次猛地将球踢进网中。我跑过去拍了拍他的后背。

“你太厉害了，哥们儿！”

他盯着我，完全没有气喘吁吁的感觉。

“不过你有时候可以试着把球传给别人。”我说道。

我看到克丽丝特尔小姐在做笔记，她在微笑。

“你还好吗？”我对乔治说道。

“我觉得棒极了，真诚地感谢您。”

比赛再次开始，乔治又进了一球，而且和前面两球同样精彩。此时铃声响起，比赛只能告一段落。

马克西赶了上来，我们三个人一起往回走。

“踢得太漂亮了，哥们儿。”马克西说道。

乔治停顿了一下，眨了眨眼睛。他用淡蓝色的眼睛看着我和马克西。

“谢谢，哥们儿。”他说道。

15
不会唱歌的乔治

午饭过后，礼堂里的餐桌被撤走，我们将在这里上伊马尼老师的音乐课。她微笑着看向我们所有人，然后又朝站在我旁边的乔治单独挥了挥手，露出一个特别的笑容。

“你好啊，乔治，”伊马尼老师说道，“你今天能来上课真是太好了！”

她又看了看手拿笔记本坐在礼堂墙边的克丽丝特尔小姐。

“也欢迎您，克丽丝特尔小姐，”她说道，“希望您等会儿也能跟我们一起唱唱歌、跳跳舞。”

克丽丝特尔小姐皱了皱眉，低下头没作回应。

伊马尼老师是一位很好的老师，总是充满了活力。所有的孩子都喜欢她，包括那些对音乐不怎么感兴趣的孩子，甚至是那些觉得她有点儿疯疯癫癫的孩子。伊马尼老师说，音乐就是生命。她让我们觉得我们都可以唱歌，甚至让我们觉得我们都可以跳舞。她告诉我们，要让音乐进入我们的身体，然后让音乐在我们的体内流淌。她还告诉我们，音乐是自然产生的。自打人类诞生以来，人们就一直在进行音乐创作。古时候的人们在山洞里创作，如今的我们则是在学校礼堂里创作。

伊马尼老师刚来教我们的时候，比利·多兹根本不愿意唱歌。等他好不容易肯开口试一试了，发出的声音也是嘟嘟囔囔的。于是，伊马尼老师便为他选择了一首名叫《深深的河流》的歌曲。据她说，这首歌正适合低声部来演唱，就像呻吟那样哼哼着唱就可以了。比利扭捏了一下，虽然红着脸，但真的唱了起来。他唱得很慢，不过伊马尼老师说就是这样唱才对，这首歌就是可以唱得非常非常缓慢。

“深——深的河流啊，
我的家乡就在约旦河上。
深——深的河流，主啊，
我多想进入对岸的营帐。”

她叫其他人也加入进来。于是，我们以比利·多兹为中心，一边摇晃着身体，一边唱着歌。看得出来，这让比利觉得非常开心。从那以后，他最喜欢的课就变成了音乐课，而班上的大多数人也是如此。

我们最近在练习一首来自西非国家加纳的儿歌，名叫《Tue Tue》。我们都很喜欢这首歌，不论旋律还是歌词都非常简单。伊马尼老师先自己唱了一遍，好帮助我们回忆起来。

“Tue tue barima tue tue（对不起，先生，对不起）

Abofra ba（这个小男孩）

Ama wa da wa（让您摔倒在地）

Tue tue。”（对不起。）

“就是这么简单，对吧？”伊马尼老师说道。

“对——”我们答道。

“不过，现在请大家回想一下，我们围绕这首简单的歌曲，设计了多少复杂的动作跟和声。”

的确如此。我们使用小鼓、响板和铃鼓作为伴奏，尽力使整首歌听起来既放松、优美，同时又有气势。有的人歌声轻柔，有的人嗓音嘹亮，我们所有人都沉醉其中。

“这就跟人类一样，对吧？”她说道。

“您这句话是什么意思啊，老师？”路易丝问道。

“这么说吧，我们其实都特别简单，不是吗？每个人都差不多。我们都被塑造成相同的模样：两条腿，两条胳膊，一副躯干，一个脑袋。”

我们环顾四周，互相看了看。没错，大家都是这个简

单的模样。我看着乔治，我奇怪的新朋友，也是两条腿，两条胳膊，一副躯干，一个脑袋。

“但同时我们又是那么不一样，不是吗？”伊马尼老师说道，“极度简单，但又如此丰富，如此复杂，如此神秘！”

她笑了起来。

“这间礼堂里充满了极其神秘的生物！”

我们全都笑了起来。

“那么现在，我奇怪的小家伙们，”伊马尼老师说道，“准备好唱起来吧！”

我们把小鼓、响板和铃鼓拿在手里，然后分成不同的小组。我给自己拿了一只小鼓，并且确保乔治跟我和马克西分在一组。

“乔治，虽然你现在还记不住歌词，”伊马尼老师说道，“但我相信你以后会背下来的。”

她让我们用力呼吸，摇晃手脚，张大嘴巴，露出牙齿，然后再活动活动舌头。她还告诉我们要让音乐的能量进入我们的身体。

“你们感受到了吗？”她问道。

“感受到了。”我们答道。没错，我们真的能感受到音乐的能量。她起了个调儿，我们就唱了下去。

我们一边唱歌，一边左摇右摆；有人在敲小鼓，有人在摇铃鼓。

“Tue tue barima tue tue

Abofra ba

Ama wa da wa

Tue tue。”

如果这时有人经过，透过窗户看进来，可能会觉得这个场景有些奇怪。我们看起来就像一群住在古老洞穴里的远古人。

乔治既没有唱，也没有动。我时而拍打小鼓，时而敲击小鼓。我还把小鼓举到他面前，让他感受鼓面的震动。

一曲完毕，伊马尼老师不停地说着我们有多棒，同时也给我们提出了该如何改进的建议。她还点名叫几个人单独唱了一遍，借此向我们说明怎么做才能让声音更有力量、让情绪更加饱满、让音色更加甜美。最后，她朝我们这一组走来，走到了乔治的面前。

“别担心，乔治，你一定能把歌词记住的。你喜欢唱歌吗？”

乔治没有回答。

“我们会找到一首适合你唱的歌的，就像比利那样。这样一来，你就不会打退堂鼓了。你想让我先教教你怎么唱这首歌吗？”

还是没有回答。

她轻柔地唱出这首歌的第一句。

“Tue tue barima tue tue……”

乔治歪了歪头，似乎在听。她又唱了一遍。

“现在该你了，乔治。”她低声说道。

“加油，哥们儿。”我对他说道。

他把嘴张开，试着唱出声来。

“Tue tue barima tue tue……”

歌词是对的，但他没掌握旋律。每个字都在同一个调儿上，跟一条直线似的，就像他写的字一样。

伊马尼老师又试着教了一次。乔治又试着唱了一次。但结果还是一样。

“别担心，乔治，”她说道，“你总能唱好的。”

乔治又试了一次。

“Tue tue barima tue tue……”

比利·多兹走了过来，站在我们旁边。

“我跟你一起唱，哥们儿。”他说道。

比利先唱了起来。乔治试着跟上他，可还是一样。

“别担心，”比利说道，“你会找到感觉的，就像我之前那样。”

克丽丝特尔小姐急忙将这一切记录下来。

乔治再一次尝试。伊马尼老师对他露出微笑。

“你总有一天能学会唱歌的，乔治，”她说道，“而且会唱得非常动听。”

乔治什么也没说。

“哦，亲爱的乔治。”她说着，眼里涌出了泪花。

第4章
意想不到的告别

16
“你到底是谁啊？”

放学的时候，马克西问我：“他们为什么要一直盯着他呢？”

“这你可问倒我了。”我说道。

我们迈出学校的大门。我走在中间，一边是马克西，另一边是乔治。

“他们为什么一直盯着你啊？”马克西又问乔治。

乔治什么也没说，只是和我们一道走着，两眼目视前方。

克丽丝特尔小姐就在我们身后几码远的地方。

而在她身后一百码左右，那辆黑色的面包车从一条小路钻了出来，也开始跟着我们。车子移动的速度极其缓慢，在耀眼的阳光下闪闪发亮。

我们继续向前走，一直走到有樱桃树的那块草坪，才在

NLC-91

树下停住脚步。

“你就从来没想过从他们身边逃走吗？”马克西问道。

乔治什么也没说。

马克西绕过我，站在我和乔治对面。我们头挨着头，身子贴着身子，在树下组成了一个紧密的三角形。周围还有好多孩子，有些是走在放学回家的路上，有些则是在住宅区附近闲逛。有几个人喊出了乔治的名字，挥着手跟我们打招呼。但我们就像哥们儿之间会做的那样，谁也没理，仿佛周围的人全都不存在。

“你可以放心地告诉我们这到底是怎么回事，”马克西说道，“我们不会告诉别人的。”

乔治没有回答。

“你还有别的哥们儿吗？”我问道，“家里或者其他什么地方的哥们儿？”

还是没有回答。

我回头一看，发现克丽丝特尔小姐正飞快地做着笔记。

“那家人呢？”马克西问道。

“‘家人’是——”乔治终于开口。

“行了，”我打断他，“我们都知道‘家人’是什么意思。乔治，我们想问的是你的家人，我们想了解你的爸爸妈妈，我们想知道你家里的情况。”

乔治面无表情地看着我们，仿佛根本不理解我在说什么。我把手搭在他的胳膊上，凝视着他的眼睛，但我只能看到纯粹的蓝色和绝对的平静。

“你到底是谁啊，乔治？”我问道。

没有回答。

克丽丝特尔小姐慢慢地走近我们。我真想让她滚开，别再监视和打探我们了。我指了指房屋间那条狭窄的小路。

“沿着这条小路，就能到达科根林地，”我对他说道，“就能获得自由。”

克丽丝特尔小姐离我们已经非常近了。于是我们从樱桃树下再次出发，经过涂满小卵石灰浆的房屋，穿过黑色的沥青马路，路过在各家四四方方的花园里和路边的草坪上玩耍的孩子们。这时，有几条狗从我们身边跑了过去。

“这些是动物。”乔治说道。

“是的，”我说道，“是一群狗。”

“这些是房屋。这些是树木。这些是孩子。”

“没错，”我说道，“你说得对，乔治。”

“鸟儿在天空中飞翔。天空是蓝色的。”

“是的。”马克西说道。

我们走到了威尔夫的小卖店。马克西进去买了一包奶酪洋葱味的薯片和一包鸡尾酒虾味的薯片。我们俩立马打开包装袋塞了满满一嘴。

“吃薯片吗，乔治？”马克西口齿不清地问道。

“我觉得他可能吃不了。”我说道。

“啊？薯片有什么吃不了的？”

马克西拿起一枚薯片递给乔治，乔治便张开嘴巴，把舌头伸了出来。于是，马克西就把这枚薯片放在了乔治的舌头上。乔治闭上嘴，马克西咧嘴一笑。

“是不是超级无敌好吃？”

然而就在这时，克丽丝特尔小姐突然冲了上来。

“把嘴张开，乔治！”她命令道。

克丽丝特尔小姐扒开乔治的嘴。

“把薯片吐出来！”

乔治没有反抗，只是面无表情地看着她，任凭她把手伸进自己嘴里。克丽丝特尔小姐的手指在他嘴里不停地翻搅，直到她把那枚薯片的所有碎渣都掏了出来。她把手上的碎渣甩到地上。

“你是看过那份清单的！”她厉声说道，“你知道他不能吃这种东西。”

“就算吃了又能——”马克西试图反驳。

她深吸了一口气。

“孩子们，”她说道，“你们现在还不明白。”

“明白什么？”我问道。

“明白乔治，明白他是什么人，明白他有多重要。”

“那就告诉我们啊。”马克西说道。

她又深吸了一口气。

“我只能告诉你们，乔治非常特殊，”她说道，“他的体质非常虚弱，因此我们必须好好照顾他。你们愿意照顾他吗？”

“愿意。”我告诉她。

“我们当然愿意，”马克西说道，“他是我们的哥们儿。”

“非常好。那我们就一定要尽力照顾好他才对。”

她又把手伸进乔治嘴巴里。

“应该都掏干净了吧，”她说道，“希望没有造成什么损害。”

她在本子上匆匆记下几笔。之后，她将连衣裙抚平，然后又摸了摸乔治的头发。

“乔治和其他的男孩不一样。”她说道。

她依次看了看我们两个。

“乔治和你们不一样，我们必须时刻牢记这一点。”

我们也看了看她，然后继续前进。

她依然跟在我们后面。

“别担心，乔治，”马克西低声说道，“你和我们是一样的。”

我们一直往前走。

“没错，”我说道，“不管你是什么人，你都和我们是一样的，你是我们中的一员。”

我感觉到乔治往我身上靠了一下。

“你是丹尼尔。”他说道。

“是的。”我说道。

“我是马克西。”马克西说道。

“你是马克西。”乔治说道，“你是丹尼尔。”

“你是乔治。”我说道。

他没有再回答了。我还想说些什么，但就在这时，克丽丝特尔小姐再次走上前来。

“我们快到了吗？”她问道，“应该快到了吧。”

“是的。”我告诉她。

她对马克西笑了笑。

“所以你现在要回自己家去了，是吗，马克西米利安？”

“是的，”马克西答道，“我这就回家了。”

他翻了个白眼，然后同我击了一下掌。乔治在一旁看着我们道别。马克西抬起乔治的手，教他如何击掌。试了几次之后，乔治就学会了。他们的手掌在空中发出清脆的拍击声。马克西满意地笑了。

“再见啦，哥们儿。”说完，他便离开了。

17 乔治来我家做客

我妈妈真是太好了。我们一到家，就看到厨房的餐桌上放着她准备好的所有东西。杯子、碟子、盘子都已经摆好了。桌上有几块奶酪三明治，还有一个我最爱的柠檬蛋糕。除此之外，还有一壶水和一小瓶橄榄油。小花瓶里还插着从我们家花园里摘来的花。

“你好！”妈妈招呼我们进去，“你就是乔治吧。别客气，孩子，就当是在自己家。”

我领着乔治在椅子上坐下，之后他便坐在那里，既不动弹，也不说话。

“今天在学校过得好吗，孩子？”妈妈对他说道，“刚去新学校的头几天开心吗？”

“我觉得棒极了，真诚地感谢您。”乔治说道。

妈妈笑容满面地看着他。

“真是个有礼貌的好孩子，但也没必要这么拘束。我可知道你们这群小男孩平时有多淘气！”

妈妈看向克丽丝特尔小姐。

“亲爱的，”她说道，“也欢迎您。”

“我是克丽丝特尔，”她介绍了一下自己，“当我不存在就好。”

妈妈不解地眨了眨眼睛。“当您不存在？怎么当您不存在？”

克丽丝特尔小姐没有回答妈妈的问题，只是露出了她甜美的微笑，退到房间的一角，拿出她的笔和本子，安静地站在那里。

“至少搬张椅子坐下吧，”妈妈说道，“我们在这边狼吞虎咽的时候，总不能让您像根柱子似的杵在那儿吧？”

妈妈推过去一张椅子，克丽丝特尔小姐便接过坐下了。

“至少喝杯茶？”

克丽丝特尔小姐摇了摇头。

“不用了，谢谢您。假装我不在这里就好。如果可以的话，您就按照正常、普通的样子，该做什么做什么就行了。”

妈妈耸了耸肩，然后笑了起来。

“那么说吧，乔治，”妈妈说道，“她一让我正常，我反而不知道正常是什么样儿了。正常，普通。我到底该怎么做？话说回来，我觉得你这件衬衫不错，裤子我也喜欢！看起来很时髦！啊，快看，科什卡来看你了！”

科什卡从门上的猫洞钻了进来。克丽丝特尔小姐哆嗦了一下。

“有猫！”她说道。

“这是我家的科什卡，”妈妈说道，“可不可爱？”

“我们之前不知道这里会有猫，”克丽丝特尔小姐解释道，“乔治还不习惯跟动物接触。”

“他会和科什卡相处得来的。”妈妈向她保证。

克丽丝特尔小姐匆匆在本子上记下几笔。

科什卡跳上乔治的大腿，然后趴了下来，发出咕噜咕噜的声音。

“你可以摸摸它，乔治。”妈妈说道。

乔治没有动。妈妈看着他露出微笑。“看得出来，你还不习惯和小动物相处呀。”

于是，妈妈抬起乔治的手，带他温柔地抚摸科什卡的毛。过了一会儿，尽管她已经松开手，但乔治依然没有停下来。

“就是这样，乔治，”妈妈说道，“你做得很好。现在，你有了一个可以陪伴终生的伙伴了。”

乔治低下头，盯着小猫，也盯着自己抚摸小猫的手。

克丽丝特尔小姐看着他，匆匆地在本子上做笔记。

“乔治今天在学校踢足球了。”我说道。

“足球吗？！”妈妈说道。

“嗯，足球。他踢得特别好，是吧，乔治？”

他把目光从科什卡身上转移到我身上。

“足球，”我说道，“还记得吗？”

他什么也没说。我看得出妈妈有多困惑。

“我知道了！”她说道，“喝茶之前，先让丹带你去楼上看一看他的房间怎么样？不错吧？你觉得呢？”

妈妈朝我点点头，示意我带他走。

“我觉得可以，”我说道，“是个好主意。”我站起身来，“走吧，乔治。”我扯了扯他的手臂，带他站了起来。

克丽丝特尔小姐也站了起来。

“您也要跟着去吗？”妈妈问道。

“是的，请您让我一起去吧，”克丽丝特尔小姐说道，“我必须把发生的所有事情都记录下来。”

妈妈只得耸了耸肩，但我看得出来，她多想知道这一切到底都是怎么一回事。

我把科什卡从乔治的大腿上抱了下来，然后带着他和克丽丝特尔小姐去我楼上的房间。科什卡紧紧跟在他们后面。

“真是好极了，”妈妈自言自语道，“这可太正常了。”

进入我的房间之后，我便让乔治在床上坐了下来。克丽丝特尔小姐则站在角落里观察和记录。科什卡跳上床，于是乔治又开始抚摸小猫。我从枕头下面把泰德拉了出来。

“这是泰德。”我向乔治介绍，“跟乔治打个招呼吧，泰德。”

“你好，乔治！”我压低嗓音，假装是泰德在说话。

乔治什么也没说。

我让泰德面向克丽丝特尔小姐。

“你好，克丽丝特尔小姐。”我依然在给泰德配音。

克丽丝特尔小姐什么也没说。我让泰德就那么对着她，而这似乎让她有些不悦。我们就这样一动不动地僵持了一会

儿。我把泰德放下，乔治就一只手抚摸着小猫，另一只手抚摸着泰德。

“这是我的卧室，”我对乔治解释道，“我从出生起就住在这里了。”

我笑了笑。

“这里以前有一张婴儿床，我还是个小宝宝的时候会睡在里面，但我基本上没什么印象了。后来等我长成一个小男孩，就睡在一张小床上，这我是记得的。以后，我也会记得自己曾经带你来过我的卧室。”

乔治依然在抚摸科什卡和泰德。

“泰德从我出生开始就陪着我了，”我说道，“科什卡是在我三岁的时候来到我们家的。”

“科什——卡。”乔治说道。

“没错，小猫叫科什卡，小熊叫泰德。”

克丽丝特尔小姐在做笔记。

“你也有这样一间卧室吗？”我问道。

乔治面无表情地看着我。

我想询问关于他的一切，但我又不知道从哪里开始问起。一直有人这样跟着他，不论我们做了什么、说了什么，都会被随时记录下来，这太奇怪，太讨厌了。我想让她离开我的房间，不要再监视和打探我们了。我还想告诉她这是我的地盘，我想和乔治单独待在这里。“你是什么人啊，乔治？”我问道。

他没有回答我。

克丽丝特尔小姐匆匆地做着笔记，听到我的问题，她轻轻地笑了一声。

“是谁把你造出来的，乔治？”我又问道。

克丽丝特尔小姐停下笔，注视着我。

“是谁把他造出来的？”我问道。

她摇了摇头，流露出一丝窃笑。我注视着她。这时我才发现，她是那么冷酷，那么不露声色，简直不像一个人类。

“到底是谁？”我又问道，“是谁把他造出来的？是谁创造了他？”

“这个问题太傻了。”她说道。

“是吗？”

“是的，这简直是在浪费我们的时间。我们只有一个小时左右，所以现在得回到楼下去了。”

她在乔治耳边低声说了些什么，乔治便听话地站了起来。

“做得很好，乔治。”克丽丝特尔小姐说道。

我们回到了楼下的厨房。

“欢迎回来！”妈妈说道，“你们两个小伙子应该都饿了吧。是这样的，乔治，我听说你大概吃不了奶酪三明治。”

“是的！”克丽丝特尔小姐连忙说道。

但妈妈没有搭理她。

“不过，我觉得你应该可以吃一小块儿蛋糕吧。”

“咳咳，”克丽丝特尔小姐说道，“不是那种黏糊糊的蛋糕吧？”她瞥了桌上的蛋糕一眼。

“就是没有黄油、没有果酱、干巴巴的什么都没有的蛋糕，”妈妈跟她确认，“严格遵守您的要求。不过很甜，非常好吃哟。”

妈妈切下一小块儿蛋糕，朝乔治递了过去。乔治张开嘴巴，伸出舌头，好让妈妈把蛋糕放在他舌头上。他吃到蛋糕，便合上了嘴。

“如果方便的话，现在请您喂他几滴橄榄油吧。”克丽丝特尔小姐说道。

“现在？”

“是的，”克丽丝特尔小姐说道，“麻烦您了，在他舌头上滴两到三滴就可以，帮助他把食物咽下去。”

妈妈将几滴橄榄油滴到勺子里，但她实在是忍不住了。

“我必须要说，”妈妈说道，“我觉得您的所有要求都太奇怪了。像乔治这么大的小男孩不是应该吃一些更加——”

“要求就是这样的，”克丽丝特尔小姐说道，“这些都有助于乔治保持一个良好的身体状态。”

“我实在是有点儿理解不了。”妈妈实话实说。

她将勺子里的橄榄油滴到乔治的舌头上，然后看着他的眼睛。

“你喜欢这样吃东西吗，乔治？”妈妈问道。

“我觉得棒极了，真诚地感谢您。”乔治说道。

我咬了一口奶酪三明治，非常好吃。妈妈看向我，似乎在问：这到底是什么情况？

科什卡跳到了乔治腿上。

乔治用手抚摸着小猫，小猫发出舒服的咕噜声。

“啊，科什卡喜欢乔治抚摸它，”妈妈说道，“它果然能分辨出谁是好孩子。”

克丽丝特尔小姐匆匆地做着笔记。乔治一直在抚摸科什卡毛茸茸的身体。

科什卡不停地发出咕噜咕噜的声音。

下午的阳光穿过厨房的窗户，斜斜地射进室内。我吃着三明治。妈妈为我和她自己倒了两杯茶。

“今天天气真好，是吧？”妈妈对乔治说道。

没有回应。

妈妈抿了一口茶。

“那个……”妈妈努力地寻找新话题，“你也养猫吗，乔治？在你家里或者……”

“他不会回答这个问题的。”克丽丝特尔小姐说道。

“他就不能自己回答吗，克丽丝特尔小姐？”

“不好意思，我应该说，他没办法回答这个问题。”

“没办法？什么叫‘没办法’？”

“这我不能告诉您。”

“看来您不能告诉我的事情还有很多，对吧？”

“恐怕是这样的。”克丽丝特尔小姐说着，再次露出了她甜美的微笑。

“为什么呢？”

“很多东西需要保密。”

“保密？”

“或者应该说是‘机密’。”

“您说什么？”

“很抱歉，我不能泄露更多信息了。但用不了多久，一切都会真相大白。”

妈妈伸出手，搭在了乔治的肩上。他一动都没动。

我看得出来，妈妈是想挺身而出帮他说两句话的。可是乔治本人几乎都不开口，旁边还有克丽丝特尔小姐这样的人把每个人说的每句话都记录下来，那妈妈还能说什么呢？

“我知道了！”妈妈突然说道，“不知道乔治愿不愿意在我家住一晚呢？”

“在这里住一晚？”克丽丝特尔小姐说道，“这，恐怕不符合——”

“我觉得挺好，”妈妈说道，“在同学家住一晚就是非常普通、非常正常的事情啊。你说呢，丹尼尔？”

“就是！马克西就会过来住。你觉得怎么样，乔治？马克西也可以一起来。这样我们就有三个人了！你可以放学之后过来，然后我们——”

“不行，”克丽丝特尔小姐说道，“乔治不能在这儿过夜。”

“到底为什么不行？”妈妈再次质问道。

“乔治还没有准备好应对这种情况。”

“什么叫他还没有准备好？他在这里能玩儿得非常开心，对吧，丹？”

“当然。”我说道，“你想来吗，乔治？妈妈，我觉得我们应该好好安排一下。”

乔治根本没有看我们，他的眼睛一直在盯着科什卡。

克丽丝特尔小姐拿起手机，发送了一条信息。

“非常感谢您邀请乔治来家里做客，”她微笑着说道，“这次经历对他来说非常有价值。”

“这就结束了？”妈妈说道。

“是的。我们之前已经说过了，这只是一次短暂的拜访。非常感谢您的热情招待。”

“热情招待？”

“是的，非常感谢您。好了，乔治，我们该走了。”

透过窗户，我看到那辆黑色的面包车已经停在路边了。

克丽丝特尔小姐拉住乔治的胳膊，试图让他站起来。然而，乔治依然只是低头看着科什卡，不停地抚摸着它。

“乔治，”克丽丝特尔小姐说道，“我们该走了。”

“你看，”妈妈说道，“他明明玩儿得很开心，就不能让他再多待一会儿吗？”

“这都是为了他好。我看得出来，乔治已经觉得目前的状况难以应对了。”

她低声对乔治耳语了几句后，他便站了起来，科什卡也因此跳到了地板上。

“非常感谢您，”乔治说道，“真的非常感谢您。”

克丽丝特尔小姐领着他向前门走去。

“乔治，”我叫他，“哥们儿。”

我跟着他走出门。

克丽丝特尔小姐带着他走上通往大门的小路。大门外驾驶位的车门敞开着。

“乔治！”我喊道。

他停了下来，回头看着我。

“哥们儿。”他说道，然后朝我的方向迈了一步。

“不行，乔治！”克丽丝特尔小姐紧紧抓住他的手肘说道。

伊登·马什从面包车里钻了出来。

他越过乔治和克丽丝特尔小姐，径直来到站在门口的妈妈和我面前。

“非常感谢您，女士，”他同妈妈握手，“您帮了我们一个大忙。”

“乔治没事吗？”妈妈问道。

“他很好，”马什说道，“他只是还不够完美。但是有您这样的好心人相助，我们一定会找到让他达到完美的办法的。”

“完美？”

马什露出一个帅气的微笑。

“请您谅解，”他说道，“我知道这些听起来有多么令人困惑。但请相信我，乔治的状况真的很好。”

他笑了笑，回头看向乔治。

“您看，”他说道，“多么了不起的男孩，多么了不起的成就！”

他再次同妈妈握手，然后把视线转向我，放低声音说道：“你这小孩的洞察力还真是强。你和你母亲所提供的帮助会载入史册的。”

他笑了笑，转身离开。

他和克丽丝特尔小姐领着乔治走向面包车。

“不，”乔治说，“我不要。”

“你要，乔治，”马什说道，“你要回到你该回去的地方。”

他把乔治推进面包车里。

“明天见，乔治！”我喊道。

但乔治没有听见。车门闭合，他就这样离开了。

18
哥们儿

没过多久，我便穿过住宅区的街道去找马克西。

我们走到秋千公园，在旁边的长椅上坐下。公园里的孩子们在秋千上荡秋千，在滑梯上滑滑梯，在攀爬架上爬来爬去。一切都是那么普通、正常、一如既往。似乎向来如此，并且永将如此。然而，一切都变得更加奇怪了。

“他是个机器人。”我说道。

“谁？”马克西问道。

“还能有谁？乔治啊。”

“乔治？”

“没错，也有可能是类似机器人的什么东西，或者说……”

“或者什么？”

“不知道，我怎么会知道？但他肯定不是个普通人。”

“每个人都不是普通人。”

马克西皱起眉头，望着天空。

“机器人？”他说道，“你怎么看出来他是个机器人的？”

“就看他平时的样子，还有他做的那些事。”

“你开玩笑吧，”他说道，“绝对不可能。”

“也不是没可能。或许这就是唯一的答案了。”

马克西又开始望天。

“你就没这么想过？”我问道。

“我？我家那个女的和重生什么的就够我想的了。”

“那你现在就想啊。想想他是怎么踢足球的，怎么做数学题的，而且他几乎什么东西都不能吃，那些人还要一直看着他，再想想他说话的声音，他的耳朵，还有……”

马克西摇了摇头。

“太疯狂了，就像说我们其实都是外星人一样疯狂。”

“但你确实说过我们都是外星人！”

“我是说过，但我又不是认真的。”

“真的不是吗？”

“当然不是。我是想说，我们可以通过这种方式思考一下我们究竟有可能是什么人。”

“那你也可以想一想乔治有可能是什么人。”

马克西皱起眉头，耸了耸肩，陷入沉思。

“他不可能真的是机器人吧？”他低声说道，“这可能吗？”

我们看着在秋千上玩耍的孩子，看着整个住宅区，看着我们从小一起长大的地方。一群小孩扮成超级英雄的样子跑了过去，其中一个大喊着辛普森大街地震了，他们必须马上赶去阻止灾难的发生。

“快点儿！”孩子们大喊着，“快跑啊！这座城市就要被摧毁了！”

我对马克西讲了很多刚刚发生的事情，关于科什卡和泰德，关于蛋糕，以及伊登·马什是怎么开车过来把乔治带走的。

“他们不让他留下，”我告诉马克西，“他们知道我已经有所怀疑了。所以他们不得不把他从我身边带走。”

“他们不是一直都那样吗？总是看着他，确保他跟我们保持距离。”

“原因就在于他是一个机器人，而他们不想让我们发现。”

“真的？你真的这么想？”

“他叫我‘哥们儿’了。”我说道。

“哥们儿？”

“是的，而且他们很讨厌乔治这样称呼我。他们不是很希望乔治成为我们的哥们儿。”

“他们都是怪物。”马克西说道。

“他们就是怪物，”我表示赞同，“而且我也不在乎他究竟是真人小孩还是机器人，甚至是什么更加奇怪的东西。我们得把乔治从那些人手里救出来。”

马克西握紧拳头，怒视着前方。

“他需要我们，马克西，”我说道，“我们必须救他。”

“怎么救？”

“我不知道。啊，我知道了！我们可以带他去科根林地。”

“没错！然后把他藏在那里！”

“他在那里不会有事的，”我说道，“不管他到底是什么人，也不管他过去经历过什么。”

“这主意太棒了！”

“我们要带他远离这些怪物。”

“绑架他！”

“哈！没错，绑架他，然后拯救他！”

“怎么绑架？”

“哈哈，总有办法！”

“总有办法！”

我们试图找到能够拯救他的办法，但是没想出来。

“虽然我不知道该怎么救，”我说道，“但我们明天就要动手。”

“没错！就是明天！”

我们在空中挥舞着拳头，好像只要我们两个人在一起就没有什么是做不成的，而且我们一直都这么觉得。我和马克西，马克西和我。很快，就要变成乔治、马克西和我了。我们俩和那个新来的孩子。不管他是机器人还是别的什么，我们在一起，就有三个人了。

“还有，不要告诉任何人，”我说道，“别让他们看出来我们有多么疯狂，别让任何人产生任何怀疑。”

“明天！”马克西说道。

“是的，明天！哥们儿，我们明天就动手。”

19

一个坏消息

明天说到就到了。我们走进学校，走进四四方方的教室。然而，教室里却没有乔治的身影。面包车没来，克丽丝特尔小姐没来，伊登·马什也没来。

等我们在方方正正的课桌边坐好，胡利函校长走了进来。她的表情有些难过，但难过的同时似乎又在微笑。

“我要告诉大家一个坏消息，”她说道，“我们的好朋友乔治今天恐怕不会来上课了。”

“但他以后还会来吧？”路易丝问道。

“会的，亲爱的。”胡利函校长说道，“实际上，我们要在星期五组织一场别开生面的活动，到时候乔治就会回来了。”

萨奇老师咧嘴笑着，还用手指点了点自己的脸颊。

“他会回来的，”萨奇老师说道，就好像他有先见之明似的，“但可能是以另外一种形态……”

他回绝了我们所有的提问。

“你们只要等着瞧就好了。”他说道。

我看向马克西。我是对的，我知道我猜对了。

“他们都非常满意乔治昨天在咱们学校的表现，”胡利函校长说道，“他们也都非常感谢各位提供的所有帮助。你们都应该为自己感到骄傲。”

“他们对乔治做了什么？”马克西问道。

“谁对乔治做了什么？”胡利函校长反问道。

“他们。那个女人，还有那个男人，那些……”

“哦，马克西米利安，没有人对他做任何事。谁会对可爱的乔治做什么呢？谁能对乔治那样的男孩做些什么呢？”

“他们就能！”马克西反驳道，“那些怪物！”

“哦，马克西米利安。”

“我们知道他是什么人！”马克西说道。

胡利函校长和萨奇老师都注视着他。

“你到底在说什么呢，亲爱的？”胡利函校长说道，“你知道他是什么人？”

马克西站起来，转头看向我。

“我们知道，对吧，丹？我们不是都已经搞清楚了吗？”

我生气地看着他，眼神里写满了：不要冲动！不要让他们知道我们已经知道了！不要让他们发现我们有多疯狂。否则他们就再也不会让乔治来学校了。

“怎么了，马克西米利安？”萨奇老师问道。

马克西耸了耸肩，摇了摇头，因为他意识到我是对的。

“没事儿。”他说道。

“他是我们的哥们儿，”我解释道，“我们的哥们儿而已。”

“原来是这样，”胡利函校长说道，“但我估计，乔治大概没办法成为任何人的哥们儿吧。”

“他是！”我说道，“他还叫我‘哥们儿’来着！”

她难过地注视着我。

“你真是一个心地善良的孩子，丹尼尔。你是为我们全校增光的人。我相信，乔治一定会在他力所能及的范围内尽可能地感激你的。”

萨奇老师高举双手，仿佛在惊叹某些不可思议的东西。

“你们真是一群幸运的孩子，”他说道，“你们出生在如此重要的时代，你们亲眼见证了一个全新世界的诞生。”

“的确如此，”胡利函校长说道，“我们达尔文街小学站在了时代的前沿，占据了发展的尖端。”

之后她便离开了教室。萨奇老师说，我们该继续上课了，而且我们必须再一次将目光聚焦在那些曾经改变世界的发现和发明上。

他在黑板上写下了“伟大的发明”几个字。

他告诉我们要打开书本。

他告诉我们要打开思路。

他告诉我们要保证星期五一定到学校来。

他刻意放低了声音。

“你们要准备好……”他说道，“大吃一惊。”

20
沮丧

我们原本打算在午休时间踢一会儿足球，但后来发现谁都无法集中精力。大家都忍不住去猜测那个新生身上究竟有什么奥秘，关于乔治的奥秘。德夫·哈桑足球踢得很好，但当他试图模仿乔治昨天的技术时，才发现自己完全做不到。

他再次尝试，然后再次摔倒。

“他太厉害了！”德夫感叹道，“简直就是梅西和罗纳尔多的结合体！”

我们都在脑海里回忆了一下乔治昨天精彩的表现。

校园里，学前班的小精灵们也说着她们有多么想念乔治。

她们缓慢而悲伤地跳跃着，舞蹈着。

她们悲伤地唱着乔治常说的那句“我觉得棒极了，真诚地感谢您”。

“早上好，亲爱的同学们。”她们伤心地说着，落下几滴

伤心的眼泪。

“乔治！”她们用自己尖细的嗓音，伤心地呼喊道，“快点儿回到我们身边来吧，可爱的乔治。”

就连管理员南特·诺亚都问起了乔治的状况，还说他看上去是一个很好的小伙子。

放学回家的路上，我和马克西都感到非常沮丧。

“我们可能已经错过了拯救他的机会，”他说道，“等到星期五，所有人都会去学校的。什么别开生面的活动！怪物们会在！老师们也会在！”

我叹了口气。我知道他说得对。

我们在樱桃树下停下脚步。抬头看去，盛开的花朵绚烂夺目。通向科根林地的小路两侧，树篱的长势十分喜人。

马克西的手机在响，他得回家了。我则继续闲逛。

回到家，妈妈听说乔治今天没去学校，摇了摇头。

“这孩子太奇怪了，”她说着，亲了一下我的头顶，“不像你，他从来没有被人真正地爱过。”

“没有吗？”

“短短几分钟我就能看出来。”

“您昨天原本可以给他一些真正的爱的，对吗，妈妈？”

“我？当然了，儿子。任何一位真正的母亲都会这样做的。”

她紧紧地抱住了我。

“任何人在年轻的时候所需要的，”她说道，“就是被人真正地爱过，仅此而已。”

我回到二楼的卧室，把泰德从枕头下面抽了出来。科什卡跟着我走了进来，和我们一起在床上坐下。我对它们讲了乔治的事情。

“我是喜欢他的，”泰德说道，“科什卡也喜欢他。对吧，科什卡？”

科什卡发出咕噜咕噜的声音。

我望向窗外的住宅区，看鸟儿飞过辽阔的天空。

太奇怪了。乔治才来了不到两天。他几乎不怎么说话，也没有人能理解他。他有可能是我们遇到的所有男孩里最奇怪的。前一秒他似乎还同我们大家一样，而下一秒他就完全不像一个正常的男孩了。

他甚至有可能不是人类。

但他触动了我们所有人。

而当他不再出现时，我们所有人的生活里似乎都出现了一个空洞。

21
长方形箱子

星期五是春季学期的最后一天。整个上午，除了日常的奇怪流程，没有发生任何事情。午休的时候，我和马克西都怀疑他们是不是根本不会把乔治带回来了。我们猜测，他们或许已经把乔治送去其他学校了。甚至，乔治有可能已经被他们送回他最初诞生的地方了。

我们想到他那天在院子里摔倒的样子。

“他可能又摔倒了。”马克西说道，“他可能已经报废了。他可能已经死了。”

午休时间结束，我们成群结队地回到教室。

我们都盼望着假期的来临，但是今天，我和马克西完全兴奋不起来。

“乔治呢？”路易丝问道，“他们什么时候能带他来学校啊？”

“快了，”萨奇老师说道，“我保证，就快了。”

“我保证，就快了。”比利喃喃地说道，“他们总是这么说。”

“这种事情不会总是按照计划进行的，”萨奇老师说道，“它太复杂，太复杂了，比利。”

他叫我们放轻松一点儿，可以看书、写字或者画画。但他自己却十分紧张。他一直面向窗户，盯着校园和外面的街道。他一直在说：“快了，快了。”“这很复杂，很复杂。”

突然他吸了一口气，握紧拳头。我们全都挺直身板坐了起来。

它来了，那辆黑色的面包车来了，正穿过大门往校园里开。

我们全都挤到了窗边。

面包车停在了学校的花园旁边。

克丽丝特尔小姐和马什从车上下来，然后走到了面包车的尾部。

马什打开后门。

两个身材魁梧的家伙从车里下来，小心翼翼地抬着什么东西。仔细一看，是一个高高的、白色的长方形箱子。箱子上印着“易碎”和“朝上”的字样。

我心里咯噔一下。这绝对不可能。不可能吧？

马克西就站在我身边。

“不会的，”他低声说道，“应该不会吧？”

我们互相看了看。

“说不好。”我低声说道。

“乔治在哪儿？”路易丝问萨奇老师。

他摇了摇头。

“等会儿就知道了。”他回答道。他扯了扯领子，把领带拉松了一点儿，看上去更加紧张了。

“他到底在哪儿？”路易丝再次发问。

萨奇老师根本无法直视她的眼睛。

“等会儿就知道了，”他重复了一遍，“很快我们就都明白了。”

“等到什么时候？”

“到时候就知道了，路易丝，等到一切都准备就绪，等到有人来叫我们。”

比利咆哮了一声，然后看向我和马克西。

“等到有人来叫我们？我们是奴隶吧。没错了，哥们儿，我们其实就是奴隶。”

那两个壮汉把箱子放在地上，然后拿出一辆手推车，把箱子放在上面。

马什朝他们两个点了点头，他们便小心地把箱子推到了教学楼入口。

他看到我们都挤在窗前，于是微笑着跟我们挥手打招呼，好像我们再次看见他该有多高兴一样。

两个壮汉、马什、克丽丝特尔小姐和那个箱子都进了教学楼。

“都回到座位上去。”萨奇老师说道。

他还试图让自己的声音听起来雀跃一些。

“我们今天会不会提前放学呢？大家不如趁现在收拾一下书包，准备好迎接假期吧。”

我的心怦怦直跳，双手也颤抖起来。

我们收起各自放在抽屉和架子上的东西。马克西把靴子和书本塞进他的运动包里。我也收拾起来，把小鼓放进鼓包，然后把拉链拉好。

比利检查了一下自己的园艺包，确认所有园艺工具都已经收好。路易丝擦拭了一下自己的小提琴，然后把它装进琴盒。

我拿出一本书，但根本读不进去。我又拿出一个本子，但什么也写不出来。于是我胡乱画了一张科根林地的画，画中我、马克西和乔治正在林间穿行。我看着这幅画，仿佛是在看一个梦，一个毫无用处的梦。

过了一会儿，教室的门被推开，校秘书莫琳·米勒走了进来。她低声在萨奇老师耳边说了些什么，萨奇老师听完深吸一口气，向我们露出灿烂的笑容。

“等到了，”他说道，“终于有人来叫我们了。”

22 谜一般的活动

克丽丝特尔小姐、伊登·马什和那两个身材魁梧的家伙面对着我们，坐在礼堂前面的椅子上，看上去一副扬扬自得、自以为是的样子。

白色的大箱子还在手推车上，现在就停放在他们旁边。

“易碎”。“朝上”。

旁边还有一张桌子。

并不是全校的学生都在，只有高年级而已。没有学前班，没有年幼的小姑娘，没有小精灵。

萨奇老师、伊马尼老师和分子老师坐在两侧。

胡利函校长走到大家面前。那两个壮汉也跟着站了起来。

“正如大家所见，”她说道，“这次活动是专门为各位高年级的同学准备的，是为你们这些非同一般的大孩子准备的。”

“为什么呢？”有人高声问道。

“因为我们觉得低年级的孩子们可能还无法理解。”

“乔治在哪儿？”又有人问道。

“就是啊，乔治呢？”

“他在哪里？”

“老师，乔治在哪儿呢？”

胡利函校长表示，他们还得再等一会儿才能回答这个问题。她还说，一切都会真相大白的。她示意我们往前一点儿。于是我们听话地向前移动，然后在地上坐了下来。大家都嘀嘀咕咕的，好奇接下来会发生什么。

我看得出来，其他人和我想的一模一样。

我无法将视线从箱子上移开，也无法控制自己不去想里面到底装着什么。

“就让我们像往常一样开始好吗？”胡利函校长说道，“打起精神唱起来！”

她朝麦肯纳老师挥手示意，他便用力地弹起钢琴。

“世间的万物明亮而美好，

所有的生灵伟大又渺小，

世间的万物智慧且奇妙，

造物主将所有一切创造。”

可是我们的歌声既不明亮也不美好，也不像周一的时候还有伊马尼老师的小型乐团伴奏。所有人都在等待，都在好奇。我和马克西没有像往常一样在唱歌的时候使劲吸气，发出鬼叫一样或者好像下一秒就要咽气似的声音。我们这次根本就没张嘴。我们看着那些大人，看着那个白色的大箱子。我看到有几位老师也没有唱，其中甚至包括伊马尼老师。她牢牢地盯着那个箱子。分子老师则是异常地严肃。他摸了摸自己的下巴，膝上放着一个摊开的笔记本。

圣歌唱完，胡利函校长拍了拍手。

“没错！”她大声说道，“的确是造物主将所有一切创造！”

她先让自己镇静下来，然后抬起手，让大家都安静下来。

“那么听好了，孩子们，”她说道，“马什先生和克丽丝特尔小姐接受我们的邀请，最后一次来到咱们学校。现在，他们会把一切都解释清楚，所以一定要仔细听。”

她转向马什。

“交给您了，马什先生。”她说道，“请全神贯注地听他讲话，孩子们！”

伊登·马什从椅子上站起来，我们全都一声不吭，礼堂像墓地一样安静。

他整了整衬衫，又捋了捋头发，深吸一口气，停顿了一下。

“好的，孩子们，”他说道，“很遗憾，我还没有这份荣幸能够认识在座的大多数同学。我是伊登·马什。这位是我的同事，克丽丝特尔小姐。旁边两位是我们今天的助手。”

克丽丝特尔小姐微笑着挥了挥手。那两个壮汉只是点了下头。

“我知道，”马什继续说道，“你们当中有很多人对这星期学校里发生的事情感到非常困惑。当然，也会感到兴奋，还有一些……着迷的感觉。”

他再次深吸一口气，又停顿了一会儿。

“现在，是时候为大家揭晓真相了。我和我的同事们实际上来自一个名叫新生命公司的组织。”

他指了指箱子的一角，上面正是这个机构的徽标。

“一段时间以来，”他说道，“在政府和教育主管部门的支持下，我们一直在寻找一间合适的学校来开展当今时代最重要的一项实验。我们需要这间学校既不是十足的优秀，也不是完全的失败；学校里的老师既不惊艳，也不糟糕；学生既不是天才，也不是傻瓜。换句话说，我们想要寻找一间普通的学校，上课的是普通的老师，上学的是本身就很普通的孩子。我们找了很久，才终于找到了这里，达尔文街小学，这里就是我们要找的普通的小学。”

胡利函校长笑容满面，激动得气喘吁吁，身体不住地颤抖。

“不过，在我们说下去之前，”马什说道，“有人要求我先给大家一个警告。”

他再次停顿。

“有人告诉我，”他说道，“我们接下来即将展示的东西可能会引起某些……怎么说呢，个性上容易紧张的孩子的恐慌情绪。正因如此，我们才决定不让低年级的学生参与今天的活动。”

不过他又笑着摇了摇头。

“在我看来，”他说道，“我实在想象不出我们即将展示的东西怎么能让你们产生恐慌。但我必须遵照指示办事，所以，我必须在此提醒大家，并且问大家一个问题……”

他向前迈了两步，仔细地打量着我们，又咧嘴一笑，仿佛在暗示他接下来要问的问题愚蠢透顶，而且我们的答案则毫无悬念。

“在座的各位看上去都是非常坚强、勇敢、有智慧、新潮的年轻人，那么在你们当中，有没有谁的个性是……容易紧张的呢？”

没有人说话。

“有没有谁，”他又问道，“现在想要离开呢？”

他又笑了，还耸了耸肩。就在他即将转身的时候，伊马尼老师叫住了他。“有的，马什先生。有些孩子确实比较容易紧张。我猜，他们当中应该有想要离开这里的孩子。”

“您确定？”马什问道。

“是的，”伊马尼老师说道，“我们每天的工作就是和孩子接触，所以我们非常能理解有些孩子就是会比较容易紧张，有些孩子就是会觉得生活中的各项挑战更加难以应对。”

马什翻了个白眼，但什么也没说。

伊马尼老师站了起来。

“孩子们，”她说道，“如果有谁想离开这里，那就没有必要强迫自己留下。”

胡利函校长瞪了她一眼，但伊马尼老师没有理会。

“容易紧张并不是什么毛病。”她说道。

她亲切地微笑着，叫出几个孩子的名字。很快，有几个孩子害羞地站了出来。

“做得好，”伊马尼老师说道，“孩子们，你们非常勇敢。”

她转头看向伊登·马什。

“您不觉得他们这样其实也很勇敢吗，马什先生？”

他耸了耸肩，什么也没说。

“你们几个不如去图书馆待一会儿吧。”伊马尼老师提议道。

“老师，谢谢您。”他们说着，离开了礼堂。

我们这些留下来的孩子围拢得更紧密了。

“好吧，”伊登·马什说道，“这或许能够说明事先警告的确必不可少。”

他思考了一会儿。

“不过，”他说道，“这也可能说明，警告能给某些孩子提供一个逃避的借口。如果他们知道自己错过了什么，或许会感到非常失落吧。”

伊马尼老师气冲冲地看着他。

“谢谢您，伊马尼老师。”胡利函校长说道，“还有人想要离开吗？很好。请您继续吧，马什先生。”

马什朝那两个魁梧的家伙点了点头。

“现在，”他说道，“让我们看看这个箱子吧！”

伊登·马什站在箱子旁边，他做了几次深呼吸。

“我们今天在这里相聚，”他说道，“是为了了解乔治。他曾在你们的教室里、校园里、与大家共度了一段美好的时光，甚至还包括……”说到这里，他在人群中找到我，对我露出了微笑，“在你们的家里。”

谁也没有动，谁也没有发出声音，而我内心的一切都在翻腾。

箱子右侧中间的地方有一个小把手，马什将手伸过去抓住了它。

“接下来我要向你们展示的——”他说道，“你们见了以后这一辈子都不会忘记。各位准备好了吗？”

“准备好了！”有些人兴奋地答道。

“准备好了。”有些人的回答里带有一丝恐惧。

没有准备好，我在心里说道，不要打开！好吧，你这个怪物，现在就打开吧！

马什微笑着，转动把手，打开了箱子的前盖。

里面是乔治。不出所料，箱子里面当然就是乔治。

23
亲爱的乔治！

乔治被拆分成了好几个部分：两条胳膊、两条腿、躯干，还有脑袋。每个部分都放置在白色的泡沫塑料里。他的头面向我们，眼睛没有睁开。

有人倒抽了一口凉气，也有人发出尖叫。坐在我旁边的萨努拉·格普塔甚至突然大叫一声，从地上跳了起来。伊马尼老师伸出手扶了她一把。又有几个孩子站了起来，跟之前已经走掉的学生一样往图书馆去了。

马什露出微笑。

“我们当然知道这对你们来说可能过于震撼了，”他说道，“但从另一个角度想，孩子们，这就是事实，这就是科学，这就是在创造历史，这就是一个新世界。”

他略作停顿。

“而且，”他继续说道，“没错，这的确就是我们的乔治。”

他碰了碰乔治的脸颊。

“这就是你们的朋友乔治。这就是曾经跟你们一起上学、一起玩耍的乔治。”

他又摸了摸乔治的头发。

“你们说，他是不是很神奇？”

马什等我们都安静下来。

“现在，仔细看好，孩子们，未来就要在你们眼前成形了。”

他看向克丽丝特尔小姐。

“克丽丝特尔小姐，”他轻声说道，“交给您了。”

她走上前去，全然一副公事公办的样子。她把自己随身携带的那只黑包放到桌子上，然后从里面掏出一双白色的手套戴好。

“别担心，孩子们，”她对我们说道，“我们会为大家说明你们需要知道的一切。完全没有什么需要担心的，一切都很好。”

她把手伸进箱子里，取出了乔治的左腿。她举着这条腿给我们展示了一番，然后把它放到桌上。

马克西在骂人。

比利在号叫。

路易丝咬紧了牙关。

接着，克丽丝特尔小姐取出了乔治的右腿，同样放到了桌上，然后是他的左臂和右臂。她又抬出了乔治的躯干放在桌上。现在，箱子里就只剩下乔治的头了，它安稳地卡在泡沫塑料的狭槽里面。

“就是现在，孩子们，”马什说道，“一定要看清楚，克丽丝特尔小姐马上就要让乔治重生了。”

克丽丝特尔小姐再一次对我们露出微笑，然后从包里掏出了几把小规格的螺丝刀和镊子。她开始组装躯干和四肢。我们看到每个部分上都有一些需要连接起来的线夹和插槽，还有一些数据线和开关，以及五颜六色的细电线、小插头和连接器。

“仔细看，”马什再次提醒我们，“看到了吗？其实非常简单。”

我们的确在仔细看，就连那些感到害怕，甚至已经哭了起来的孩子，都目不转睛地盯着她看。

我们看清了克丽丝特尔小姐是怎样把乔治连接起来的。我们挪得越来越靠前，挤得也越来越近。开关卡入到位时，我们能听到轻微的咔嗒声。她把四肢拧进躯干上的插槽里。完美嵌入。

克丽丝特尔小姐把乔治从桌子上放到地上，让这个没有头的乔治面对着我们。

接下来，她极为温柔地将手伸进箱子，把他的头拿了出来。

她没有急着组装，而是给我们展示了一下这颗头。乔治双眼紧闭，脸上没有任何表情。

我还记得他叫我“哥们儿”时的样子。我记得他抚摸泰德和科什卡时的样子。我记得他在马什要求他回到停在我家门外的面包车里去时说“不”的样子。

他们真的是同一个人吗？

“哦，亲爱的乔治！”有人叫出声来。

原来是伊马尼老师，她用两只手捂住了自己的脸。

“哦，乔治！”她又一次喊出他的名字，“他们都对你做了什么啊！”

马什咧嘴笑着，摇了摇头，似乎是觉得她很可怜，又好像是认为她太傻了。这时，马什朝克丽丝特尔小姐点了点头。

克丽丝特尔小姐转过身去，把乔治的头安置在他的肩膀上。同样，躯干和脑袋之间也有很多需要连接起来的地方。克丽丝特尔小姐十分缓慢地、小心翼翼地操作着。她拧了拧乔治的头，向下按压，咔嗒，说明脑袋卡对了位置。接着，她向后退了一步。

已经组装完成的乔治就站在我们面前，双眼紧闭，纹丝不动。

伊登·马什双手叉腰，看了看克丽丝特尔小姐，又看了看我们。

整个礼堂鸦雀无声。

马什又对克丽丝特尔小姐点了下头。

她把手伸进包里。

她拿出一个遥控器，对我们展示了一下。

她把遥控器对准乔治，按下按键。

乔治的眼睛睁开了。

她又按了一下。

乔治便露出微笑。

“同学们，大家好。”他说道。

24
真相被揭开

没人说话。

整个礼堂里就只有叫声、喊声和喘气声。

马什从克丽丝特尔小姐手里接过遥控器，对准乔治按下按键。

乔治又重复了一遍。

“同学们，大家好。”

“你好吗，乔治？”马什问道。

“我觉得棒极了，真诚地感谢您。”

跟之前一样，乔治说话的时候，嘴唇的动作幅度很小，他的眼睛也还是茫然地看着前方。

“谢谢你，乔治。”马什说道。

他站到乔治身边，一言不发地凝视着我们。他的脸上又露出了那种自鸣得意的微笑。

他再次对准乔治按下按键。

乔治向我们鞠了一躬。

“你们现在看懂了吗，孩子们？”伊登·马什问道，“你们明白乔治是谁了吗？”

“他是我们的哥们儿。”马克西咆哮着。

“他是我们的朋友。”路易丝说道。

“他是我们当中的一员。”我说道。

“这个乔治，”马什说道，“我们的乔治，是非常特别的。他在同类产品中第一个问世。今后还会有其他乔治，整整一个系列的乔治，伴随我们迎接未来。”他捋了捋乔治的头发，“乔治令我们感到非常骄傲。”

“你别碰他！”路易丝咆哮起来。

马克西站了起来，我也站了起来。

萨奇老师怒视着我们，朝我们使劲摇头。坐下！他用口型对我们说道。

马什摊开双手。

“没关系，”他说道，“我能理解。我还是个小男孩的时候，也有自己的哥们儿。但是你们必须明白，乔治无法成为任何人的哥们儿。”

“他可以！”马克西说道。

“不会的，”马什说道，“很抱歉，但你们对他的……

‘哥们儿情谊’只能说明我们的乔治有多么令人信服，以及我们的工作有多么成功。他就是一台机器，孩子。”

“别叫我‘孩子’。”马克西嘟囔道。

“请坐吧。”马什说道。

“请大家都坐下吧，”胡利函校长命令道，“让马什先生解释给我们听。”

尽管很不情愿，但我们还是坐了下来。

“谢谢。”马什说道，“当然，乔治目前还处在一个试验性的阶段。他是我们新生命公司推出的首个可以走路、可以讲话的产品。为了打造这款产品，我们多年以来备受煎熬。直到我们有一天意识到，是时候让乔治进入这个世界了。”

他自豪地微笑着。

“我们公司存在很多竞争者，”他说道，“很多对手都想把乔治搞到手，仔细研究一下我们是怎么做到的。但乔治是我们的。我们才是先行者。”

他把手搭在乔治的肩膀上，仿佛自己是乔治最好的哥们儿，又好像乔治是他的儿子一样。

“好啦，你们觉得乔治如何呢？”马什问道，“他看起来像真人吗？能令人信服吗？他看起来是不是就和你们一样呢？”

礼堂里爆发出低声耳语和叽叽喳喳的声音。

比我们低一年级的乔伊丝·邓恩举起手来。

“你想说一说吗？”马什问道。

“他确实看起来跟我们有点儿像，但是又让人觉得……特别奇怪。”

“特别奇怪？”

“是的，他好像神志不太正常。”

好多人在低声窃笑。

“没错，”有人附和道，“跟他在一起的时候，你好像没法判断他到底是真的聪明还是真的迟钝。”

“我早就知道了！”杰克·弗里斯喊道。

“知道什么？”马什问道。

“我知道他是一个机器人。那天我回到家里，就跟我姐姐说，班上来了一个新生，他还是个机器人。”

“我说他是外星人！”又有人说道，“我说他是从佐格星球来的。”

“还有我。我也是这么说的。我还说这根本就是明摆着的。”

“那么，”马什说道，“你们喜欢他跟你

们一起上学吗？你们跟他在一起的时候觉得开心吗？”

“喜欢！”

“开心！”

“他可好玩儿了！”

“有他在真的超级有意思。”

“太好了。也就是说，你们都觉得他能融入你们，尽管他是这样一副……非常奇怪的样子。”

“是的，毕竟，学校里奇怪的人可有的是！”

马什笑了。他将身体前倾，然后把音量放低，仿佛在跟我们分享一个了不得的秘密。

“总有一天，孩子们，”他说道，“会出现一个完美的乔治，一个生活在大家中间的乔治。我们会把他打造得非常完美，非常……像人，像到谁也不会想到这是一个乔治。未来的乔治——或者女孩乔治娜！——长得就跟你们一模一样！”

他看着正在琢磨这些话究竟是什么意思的我们。

“所以，也就是说，”桑德拉·迈尔斯说道，“现在，在我们这些人里面，可能就有一个……乔治，一个机器人，但我们都不知道。”

“真是一个聪明的小姑娘，”马什说道，“你说得完全正确。”他看向胡利函校长。

“贵校的孩子真聪明啊，胡利函校长！”

胡利函校长自然是高兴得颤抖了起来。

“哦，是的，我们这儿有好多聪明的孩子，马什先生！”她激动地尖声说道。

“的确，我们当中的任何一个人，”马什说道，“都有可能是一个乔治，一个机器人。”

“我可不是。”比利喃喃地说道。

“我可能就是一个机器人哟！”马什说道，“你们的校长也有可能！整个礼堂里可能到处都是长得像人，但其实根本不是人的创造物。”

我看了看马克西。

“我不是机器人，哥们儿。”他咕哝道。

“我也不是。”我说道。

“不过，暂时还不可能出现这种情况，”马什说道，“因为我们新生命公司占据着这一领域发展的最前沿。除了我们，还没有谁能创造出看似完美的人。”

他退回到乔治身边，再次把胳膊搭在他的肩膀上。

“我们的乔治就是明星。这可是一个价值数百万英镑的项目。”

“几百万英镑的项目啊，孩子们！”胡利函校长惊叹道。

“没错，”马什说道，“而且，他还是我们公司全新系列

里的第一件产品。”

“全新的系列！”

马什托起乔治的下巴。自然，乔治没有什么反应。他只是用那双空洞的眼睛茫然地看着我们。

伊马尼老师说话了。

“乔治喜欢吗？”她问道。

“您说什么？”

“乔治喜欢和我们在一起吗？”她再次问道。

马什耸了耸肩，淡淡地笑了一声。

“我不确定这个问题有没有答案。”

“那您可以问一问他，马什先生。”

马什笑着摇了摇头。他将遥控器对准乔治，按了下去。

“乔治，”他说道，“你跟学校里这些可爱的同学们在一起的时候觉得开心吗？”

乔治的嘴唇动了动。

“我觉得棒极了，真诚地感谢您。”乔治说道。

“这样看来，他似乎是喜欢的，呃……您叫什么来着？”

“伊马尼。”

“不好意思，伊马尼老师。”

伊马尼老师怒视着他。但马什瞬间就瞪了回去。

“可是，他是怎么做到的呢？”有人大声问道。

“做到什么？”马什问道。

“踢足球啊！”

“还有心算！”

“啊，我们终于说到问题的关键了。”马什说道，“我们亲爱的乔治和他拥有的所有杰出的才华，不过是最令人惊叹的科技魔法的成果罢了！”他停顿片刻，“要我们展示一下吗？”

“要！”

马什露出微笑。

克丽丝特尔小姐手里拿着她的黑包，笑着走上前去。

“孩子们，首先，我们必须，”她说道，“把乔治的耳朵卸下来。”

25
跳一段舞

克丽丝特尔小姐用一个小工具把乔治的耳朵卸了下来，整个过程中乔治一动都没动。然后，她把耳朵放在桌子上。马什小心翼翼地转动乔治的身体，好让他没有耳朵的那一侧面对我们。马什示意我们往前一点儿，于是我们挪得越来越靠前。

在耳朵被拿掉后露出来的地方，我们看到了数据线、插头和连接器。

“你们看到这里面的东西了吗？”马什问道。

“看到了。”

“从许多方面来说，乔治其实就是一台十分简单的设备。”马什说道，“他是一台机器，跟你自己的电脑、你家的电视和你父母的小汽车是一样的。而且跟所有的机器一样，他也需要电才能运行。所以，他需要充电。”

他指着一个小小的连接点。

“电通过这里进入他的身体。今天早上，我们把他接到了电源上，所以他现在已经充满了电，做什么都可以。你们还记得他星期一那天摔倒了吗？记得吧？原因很简单，就是他需要充电了。后来我们带他回到面包车里，就是在给他充电。”

他又指向另一个连接插槽。

“但是这里，”他说道，“才是真正让乔治变得有意思的地方。就是这个地方，让乔治成了乔治。”

他稍作停顿，瞪大了自己的眼睛，一副很震惊的样子。

“我们在这里，”他说道，“注入了乔治所有的技能和才华。”

“也包括踢足球吗？”

“是的，包括踢足球。所有的技能和才华，都是通过乔治耳朵下面这个小插槽获得的。多么惊人，多么奇妙，你们觉得呢？”

他看着我们，等我们慢慢理解。

“现在，”他说道，“乔治几乎是一个空壳。正如大家所见，他目前只具备最基本的能力，比如行走和简单的对话。这是因为我们把之前已经给他的能力又拿走了，就比如踢足球和做心算的能力。现在，乔治连 2 加 2 等于几都不知道。”

“你们为什么要这么做？”伊马尼老师再次发问。

马什又一次耸了耸肩。

“乔治根本不需要这些能力，伊马尼老师。他只是一个仍在持续的项目的一部分。他只是研发的一个阶段，我们最终的目的是——”

“你们的目的是什么，马什先生？”

“开发出生命的新形态，伊马尼老师。”

他盯着她，她也盯着他。不过，他最终还是把视线转回到我们身上。

“什么都可以放进去，孩子们。比如十字军东征的历史，讲俄语的能力，量子物理定律，甚至是在三十分钟内跑完马拉松的能力。”

比利大声呻吟起来。“他们要是能这样对我就好了！”

马什听到他的话，咧嘴笑了出来。

“你能有这样的想法我非常高兴，小伙子。因为总有一天，而且这一天可能就在不久的将来，我们就能实现你的愿望！”

“能把数学放进我的脑子里？”比利问道。

“没错，孩子，把数学放进去。任何东西都可以放进去。这样一来，大家就能避开学习过程中可能会遇到的问题和困难了。”

马什笑着，拿起遥控器对准比利，按下按键。

“拥有数学能力吧，年轻人！”他说道。

比利尖叫着翻了个白眼，仿佛体内发生了什么巨大的变化。接着，他皱了皱眉头，然后像乔治一样，茫然地直视前方。

“我是数学天才！”他说道，“随便问我任何问题！”

“2加2等于多少？”我问道。

“7！”比利答道。

马什笑了起来。

“那么问题来了。”分子老师大声喊道。

“您请说。”马什说道。

“马什先生，您觉得乔治是……有智慧的吗？”

马什露出微笑。

“啊，这个嘛，当然了，这是一个至关重要的问题。它完全取决于我们对‘智慧’一词的理解。乔治能做很多事情。我们可以让他去做很多事情。但是，他知道自己在做这些事情吗？他能……思考吗？”

马什凝视着我们。

“你们怎么想呢，孩子们？”他问道。

我看了看乔治。他站在我们面前，两眼无神，茫然地盯着我们。他在思考吗？他看我们的方式和我们看他的方式是一样的吗？

有些孩子大叫着可以，另外一些大叫着不行。

这时有人大喊了一声："你觉得呢，乔治？你是有智慧的吗？"

乔治当然不会回答。

马什耸了耸肩。

"或许在将来的某一天，我们会创造出一种能够真正进行独立思考的东西。但是乔治目前还做不到，他只是研发过程中的一个阶段。"

"只是一个阶段？"路易丝说道。

"没错，亲爱的。举例来说，乔治甚至不知道自己是乔治。"

"他知道的！"有人喊道。

马什转过身面向乔治，把遥控器对准他按了下去。

"你是谁，乔治？"他问道。

乔治眨了眨眼睛。

"我觉得棒极了，真诚地感谢您。"他说道。

马什再一次耸了耸肩。"你确实棒极了。"他说道。

"所以说，我觉得刚才那个问题的答案是否定的，"马什回答了分子老师，也回答了我们，"我并不认为他拥有我们这样的智慧。但是以后会实现的。那么，话说回来……我们今天该给乔治添加一些什么样的能力呢？大家想让他做点儿什么？"

“帮我写作业！”

“让我哥消失！”

“让他跳舞！”

“啊！”马什说道，“跳舞是吗？这是个好主意。克丽丝特尔小姐，我们可以为这些孩子们展示一下我们亲爱的乔治优美的舞姿吗？”

克丽丝特尔小姐打开她的黑包，取出一台笔记本电脑放在桌上。她把电脑打开，俯下身子，滚动浏览着屏幕上大量的舞蹈类型。她指了指其中一个，马什看过之后，点了点头。

“好极了。”他说道。

接着，克丽丝特尔小姐拿出一根数据线。她将数据线的一头插在电脑上，另一头插在乔治的耳朵卸下来之后露出的一个插头上。她在键盘上按了几下。

“我们得稍等一会儿。”马什说道。

过了一会儿，克丽丝特尔小姐把数据线从电脑和乔治的头上拔了下来。

“大家准备好了吗？”马什问道。

克丽丝特尔小姐微笑着点了点头。

马什深吸一口气，他把遥控器对准乔治，按了下去。

“乔治，”他说道，“能请你为大家跳一段舞吗？”

乔治没有动。

“孩子们，”马什说道，“你们能请乔治为我们大家跳个舞吗？”

“跳吧，乔治！”有人喊道。

“你能做到的，乔治！”

“跳起来吧，乔治！跳起来！”

乔治眨了眨眼睛，身体开始颤抖，接着，他张开双臂，把头高高昂起，走到一边，开始了他的舞蹈。

26 告别

他跳的也算是舞吧，但似乎合不上任何节奏或是音乐。乔治僵硬地左右移动，缓慢地转了个圈。他向上跳起，虽然离地只有几厘米，落回地面却发出砰的一声。然后他又跳了一下。他摆动着双臂，几乎快要跌倒。但他没有停下，在我们面前踉踉跄跄地走来走去。他时而抬起膝盖和脚，时而像玩偶一样摇晃着脑袋。他的眼神是空洞的，好像什么也看不见，什么也听不见。他旋转着，摇摆着，动作笨拙且生涩，就跟喝醉了一样。

有些孩子高呼着他的名字，一边鼓掌，一边鼓励他继续跳下去。胡利函校长也鼓起掌来，但我没有。

“接着跳啊，乔治！”马什说道，“跳起来，乔治。跳起来！”

他放声大笑，身体向后仰了过去。而且他还邀请我们跟

他一块儿笑。

“不要打扰他。”我说道。

“不要打扰他。”马克西说道。

“不要打扰他。”比利 · 多兹说道。

马什没有听到我们的抗议。他在空中挥舞着拳头，然后再次拿起遥控器，对准乔治按了下去。乔治停了下来。

他直挺挺地站着，空洞的双眼茫然地盯着我们。

“那么，”马什说道，“正如大家所见，我们的乔治是可以跳舞的，只不过水平可能比不上在座的某些同学。”

他举起遥控器。“又如大家所见，只要轻轻一按，我们就可以让乔治停下来。”

马什微笑着，看了看表，然后又看了看胡利函校长。“但是我们的时间不多了，是吧？”他对我们露出一个灿烂的微笑，“要放假啦！”

胡利函校长说是的，确实没剩多少时间了，于是她走到马什旁边。

“但这不是结束，”她说道，“在接下来的几周里，我们要反思和记录我们与乔治相处的经历，为马什先生的研究工作提供帮助。”

“我和我的同事们对此深表感激。”马什说道。

“我们达尔文街小学的各位老师和同学，”胡利函校长对我们所有人说道，“实实在在地占据着时代的前沿。我们是不是很幸运啊，孩子们？”

“是的！是的！”

路易丝举起手。“不好意思，我能问个问题吗，马什先生？”她说道。

“问什么呀，小姑娘？”

“乔治接下来会怎么样呢？”她问道。

“好问题！”马什说道，“首先，乔治会跟我们一起回到实验室去。我们会在他身上再做一些实验。”他笑了笑，“当然，我们会继续保护好他，以免他遭到竞争对手的监视！我们会把我们的研究过程好好地记录下来。但是正如我刚才说过，乔治只是一个阶段，会由他衍变出乔治二号，新的模型经过升级，会更加接近……接近你们的样子！接下来还会有乔治三号、乔治——”

“所以你们会抛弃乔治吗？”

“我不会用‘抛弃’这个词，亲爱的。我们从来就没有打算让他永远存在。很快他就会出现损耗，会发生故障，直到彻底报废，就像小汽车或者洗衣机那样。”

“洗衣机？”路易丝问道。

“不过也有可能，”马什继续说道，“我们会把他的某些部分拆下来当零件用。”

“零件？”她重复了一遍。

“那是当然！我们可不想浪费任何东西！乔治体内有好多可以重复利用的极其特殊的部件。再然后，我们的计划是把他放进科学博物馆展览。”

“博物馆？”她说道。

“是的。孩子们，这主意是不是很棒？你们以后可以去博物馆看他。我相信到时候，达尔文街小学的孩子们曾经做出的贡献将会得到人们充分的肯定。”

“我们要出名了！”有人喊道。

“你们当然会出名了。”马什说道。

他朝克丽丝特尔小姐点了点头。她再次用数据线将乔治和电脑连了起来，然后在键盘上按了几下。而乔治只是站在那里，任由一切发生。

“这只是一个开始，”马什说道，“想一想这将引领我们走向怎样的未来吧，孩子们。”

他一点点靠近我们。

“总有一天，”他说道，“或许那一天很快就会到来，由我们新生命公司创造出来的某个男孩，或者女孩，将会出现在你们的生活中，你们会以为他跟你们一样是妈妈生下来的，而且他还会跟你们一起长大。”

他停顿片刻，让我们能好好地理解他的话。

“至于现在，”他说道，“乔治的任务已经结束了。克丽丝特尔小姐，请把他拆掉吧。”

克丽丝特尔小姐细致且小心地把乔治拆解开。连接起来的地方被断开，闭合起来的线夹被打开。她把乔治的头取下来，放回泡沫塑料里。然后将四肢拆卸下来，放回各自的狭槽里。最后抬起乔治的躯干，也塞进了泡沫塑料的狭槽里。

现在，乔治又被拆成了好几个部分塞在箱子里。他双眼紧闭，一点儿动静都没有。

“在我把箱子关上之前，”马什说道，“我猜你们可能想要跟他告个别吧，孩子们。”

“再见！”有人喊道。

“再会，乔治！”

马什伸手去拿遥控器。

“还有人最后想问什么问题吗？”他问道。

“有！”伊马尼老师喊道，“你爱他吗，马什先生？”

马什愣了一下，盯着她看。

“爱他吗？”他反问道。

“对，爱他。我爱我的孩子们。那你爱乔治吗？”

马什咧嘴笑着，耸了耸肩。

“我觉得您可能一点儿都没理解我刚才说的话，伊马尼老师。这是一台机器。机器怎么可能和爱扯上关系呢？”

他们直视着对方。

然后，马什握住把手，合上了箱子的前盖，把乔治关在了里面。那两个壮汉拉着手推车走上前来，把箱子放到手推车上，然后把它推到了一边。

马什和克丽丝特尔小姐跟在他们后面。

“我们会把他夺回来的。”我说道。

“怎么夺？”路易丝问道。

“我也不知道。”我说道。我真的不知道。

但我们要试一试。

第5章

拯救乔治

27
微笑、拍照、欢呼

有人让我们站起来，于是我们就站起来。

有人让我们离开礼堂，于是我们就离开礼堂。

有人让我们成群结队地穿过走廊，于是我们就成群结队地穿过走廊。

我们跟在老师后面，走向各自的教室。

“我们才是机器人。”我对马克西说道。

“我们是奴隶。”比利·多兹嘟哝道。

我们路过胡利函校长的办公室。他们都在里面。装乔治的箱子就放在办公室门外的走廊里。

我靠了过去，我想象着箱子里面被黑暗包围的乔治。

“我们会把你夺回来的。”我低声说道。

然而就在我说出这句话的那一刻，我也知道我们根本做不到。

那辆黑色的面包车就停在校园里，随时准备带他离开。学校里到处都是惹不起的大人。

胡利函校长来到走廊里。

“先别回教室，”她说道，高兴得甚至有些发抖，“我们要拍几张照片！到外面去，孩子们！去正门，我们在阳光下面拍。”

于是，我们现在又成群结队地走到外面去。有人让我们站好，我们就站好。有人让我们微笑，我们就微笑。就连要站在哪里、和谁站在一起这种事情也调整了半天，没完没了。最后，马什先生、胡利函校长、克丽丝特尔小姐和那两个壮汉站在了中间。带箱子的拍了几张，没带箱子的又拍了几张。然后，他们把箱子朝面包车那边推过去。

前排的几个孩子拉着两条横幅，一条写着：

“新生命公司创造未来”。

另外一条是学校新做的横幅，胡利函校长展开它的时候充满了自豪感，上面写着：

“达尔文街小学占据前沿”。

有人指挥我们微笑、拍手、挥舞手臂、欢呼雀跃。

“我真是受够了，”比利呻吟道，“我要去工具棚了。”

胡利函校长喊他回来，但他就跟没听见一样，不过她倒

易碎
朝上
新生命公司
创造未来
达尔文街小学
占据前沿

也不在乎。她耸了耸肩。毕竟，比利·多兹不在没有什么大不了的。

我也忍受不下去了。

“我们也走吧。”我对马克西说道，但就在这时，马什突然指着我。

“小伙子，对，就是你！”他说道，“你就是带乔治回家的那个孩子吧？”

我没动。

“别害羞，孩子！”他说道，“你是个了不起的小伙子！”

那两个壮汉走了过来，把我带到马什身边。他的胳膊既粗壮又令人讨厌，但是他偏要搂住我的肩膀。他的手也是那么粗壮，那么令人讨厌，但他非要跟我握手。

“我希望你能为此感到骄傲。”他低声在我耳旁说道。

我能闻到他身上止汗剂的味道。

我想告诉他我并不觉得骄傲，我还想告诉他我已经无法忍受他了。

马什最后一次跟胡利函校长握了握手。然后，他兴奋地在空中挥舞着拳头，从我们中间穿过，中途还被人索要签名。

“好了！好了！”他假模假式地说道，一副无法承受如此吹捧的样子。

他说我们很可爱，说我们很出色，说我们都是好孩子，说他永远都忘不了我们。

两个壮汉把装着乔治的箱子抬进面包车，随后他们也都钻了进去。车子起动了。开出学校大门的时候，车喇叭响了好几声。大门渐渐闭合，孩子们仍在欢呼。

路易丝站在我旁边。

"他走了。"她叹息道。

"他走了。"我说道。

"就这么走了。"马克西说道。

就在这时，比利突然出现在我们身边。

"他在我这儿。"他低声说道。

"什么？"

"乔治。他在我的工具棚里。"

28
救走乔治

“快！”比利说道，“等他们一发现，马上就会回来找了。我们得让他离开这儿。”

我们连怎么说话都不知道了，我们连怎么动弹都不知道了，我们毫无头绪。

“你们把包拿来，”比利说道，“现在就去，趁大家都在往外走。”

我们还是没动弹。

“现在就去！”比利说道。

我们连忙回到教室，萨奇老师还没走，他依然对我们刚才看到的一切感到惊奇不已。

“怎么样？”他说道，“我没说错吧，刚刚发生的一切你们这一辈子都不会忘记吧？”

我无法思考，也无法回答。

“别装了！”他说道，“难道你们以前见到过这样的东西吗？”

“没有。”我脱口而出。

“没有。”马克西说道。

“没有。”路易丝说道。

萨奇老师笑了起来。

“看看你们的样子，”他说道，“听听你们自己说的话。实在让人大吃一惊。简直让人无所适从！真是有意思！”

“我们要走了，萨奇老师。”我说道。

“祝您假期愉快，萨奇老师。”马克西说道。

“谢谢你，马克西米利安。”

我们跌跌撞撞地离开教室，在放学的人群中穿行，尽可能像没事人一样在校园里闲逛。

“你们几个要去哪儿？”南特·诺亚喊道。

“我们去找比利！”我喊道。

“好吧，不过你们快点儿去。可不是每个星期五我都能提早一个小时下班的。”

我们到了比利的工具棚，他正在里面等我们。

“我们每人拿一部分。”他说道。

我快不能呼吸了。被拆解的乔治现在就躺在比利的育苗盘上。

“快点儿！”比利说道，“一人拿一部分，然后把他带出去。丹尼尔，你拿头！”

“头？”

“对，把头放到鼓包里，兄弟。”

“你在说什么？”

后来我终于听明白了，于是赶紧把小鼓从鼓包里拿了出来，放到比利的橱柜里面。

我举起乔治的头——我居然举起了乔治的头！——然后把它放进鼓包里。马克西把乔治的腿放进他的运动包。路易丝把乔治的手臂放进她的小提琴琴盒。比利则把乔治的躯干放进了他的园艺袋。

我们从工具棚出来之后，还是尽力闲逛，还是努力装作一切都很平常的样子。大门口还有很多孩子在往外走。我的心脏怦怦直跳，大脑似乎已经沸腾了。

“丹尼尔？”我听到有人叫我的名字。

我跳了起来。是伊马尼老师，她刚刚坐进自己的车里。

“你还好吗，丹尼尔？”她问道。

“我很好，老师。”

她皱了皱眉头，瞥了我们一眼。

“你们都没事儿吧？”

“没事的，老师。”我说道。

“请您让我们走吧，老师。”路易丝说道，“我们得赶紧走了，老师，求您了。”

伊马尼老师倒吸了一口气，咬住自己的嘴唇，瞪圆了眼睛看着我们。我们全都屏住了呼吸。

“你们走吧，”她对我们说道，“像风一样奔跑吧。假期快乐，孩子们。”

我们拔腿就走，匆匆路过南特·诺亚，出了学校大门。我们像风一样跑进住宅区，跑到正在开花的樱桃树下歇了一会儿。我们站成一圈，既惊恐又诧异地彼此凝视着。

“接下来该怎么办？”路易丝低声问道。

“把他藏起来。”比利说道。

“保护他的安全，”我说道，“不能让别人知道。”

“表现得正常一点儿就行了，”马克西说道，“他们绝对猜不到是我们干的。”

“我们得找个时间把他组装起来。”路易丝说道。

“让他再次成为乔治。”我说道。

“赶快离开这儿，”比利说道，“把他带回家藏起来。”

于是我们又各自朝不同的方向奔跑，把他藏了起来。

29

胡利函校长的电话

妈妈那天回来得特别晚。她先把那辆写着店名——全新的你——的亮蓝色面包车在外面停好，然后满脸笑容地走了进来。住在波德莱尔大街的多莉·汉兰明天要办婚礼，妈妈给她做发型和美甲，一整天忙得脚打后脑勺。

“可就算忙成这样，多莉还想再做一个全套的双腿热蜡脱毛呢！”妈妈笑了起来。

“不过我猜你大概不是很想知道多莉给腿脱毛的故事，

对吧？”

“的确不想。”

“那不如听一听她疼得嗷嗷叫的故事吧？”

“不必了，妈妈。”

她微笑着揉了揉我的头发。

“又长了，”她说道，“我们明天去修剪一下，好吗？”

“好的，妈妈。”

“上周有个小伙子来店里把头发染成了蓝色的，”她说道，“看上去不错。你想染一个吗，丹？”

“不用了，妈妈。”

“应该挺适合你的，跟你眼睛的颜色很搭。”

她咯咯地笑了两声，打了个哈欠，然后伸了个懒腰。

“我真是又累又饿，”她说道，“周五了，吃比萨怎么样？”

“好的，妈妈。”

她忽然皱起眉头。

“出什么事了吗，丹？”

“没有，妈妈。”

外面有一辆车经过。我哆嗦了一下，看向窗外。

“你确定？”她问道。

“真的没事，妈妈。”

她依然仔细地端详着我。

“发生什么事了？”她问道。

“没事，妈妈。”

“丹尼尔，告诉我发生什么事了。”

我叹了口气，但心里却纳闷她怎么总是能看出来。

“跟乔治有关。”我说道。

“乔治？你的新哥们儿？”

“是的。”

“他怎么了？”

我甚至不知道该从何说起。

“您不觉得他，”我说道，“有点儿……奇怪吗？”

“奇怪？可能有点儿吧。但你要是问我的话，我会觉得你们这些孩子多少都有点儿奇怪。而且说实话，你们要是不奇怪，那才是真的奇怪。”

她把自己讲笑了。

“但他的确是个好孩子，不是吗？”她说道，“不让人操心，还非常有礼貌。我们的科什卡不就很喜欢他嘛！”

“他是个机器人。”我说道。

“他是个什么？”

“机器人，或者类似机器人的东西。也可以说，至少在他们把他拆掉之前，他是一个机器人。”

妈妈一时间什么也没有说，只是盯着我看，然后望向天花板。

“听着，”她说道，“我现在要给自己倒上一杯酒，等我喝完，你再重新跟我说一遍。”

她倒了杯葡萄酒。我依然盯着窗外。我甚至希望那辆黑色的面包车能出现在那里。

“所以说，我们邀请机器人来家里喝了下午茶？”她说道，“或是什么类似机器人的东西？然后他现在被人拆掉了？”

“是的，妈妈。”

“你现在再跟我说一遍，”她说道，“我听听这次会不会合理一些。”

“乔治，”我说道，“是机器人。他——”

“不是，从头说。”

于是我从头开始解释，乔治今天是怎么出现在学校的，他的数学和足球能力是怎么回事，还有伊登·马什。

“后来开面包车来接他们的那个人？”

“是的，妈妈。”

“别的先放一边，这个男的，绝对是个奇怪的人。好了，你接着说。”

于是我接着讲下去，一直讲到克丽丝特尔小姐把乔治拆成好几个部分，放回了箱子里。

妈妈茫然地盯着墙面。

“我应该相信这些东西吗？”她问道。

“我全都看到了，妈妈。我们全都看到了。而且您也见过乔治了，不是吗？”

“你确定这不是你和马克西幻想出来的？”

“不是的，妈妈。”

“那乔治现在在哪儿？”

我咬了咬嘴唇。我能感受到心脏剧烈地跳动，但我无论如何也不能把真相告诉她。

“我不知道，妈妈。”我双手不停地颤抖，“我猜他可能被送回实验室了吧，妈妈。或者……”

这时，手机突然响了，妈妈接起电话。

“是胡利函校长。”她低声说道。

妈妈皱起眉头。“她想跟你说话。”妈妈把手机递给了我。

“您——您好，胡利函校长。”我尽力控制自己，不让自己的声音颤抖，然而我发现，她的声音才是真的在颤抖。

“丹尼尔，”她喘息着说道，“刚刚发生了一件很可怕的事情。”

“怎么了，校长？”

“但我压根儿不该和别人说起这件事的，这是最高机密。”

“是吗？”

“是的。但你是他的朋友，对吗？至少曾经是他的朋友，对吧？”

“您是说谁的朋友，校长？”

“他的，乔治的朋友。”

“是的，校长。您还好吗，校长？”

“你没见过他吧？”

“见过谁？”

她放低了自己的声音。

“乔治！”她低声说道。

“乔治？”我的手已经出汗了，“我没见过他，胡利函校长。他已经被装回箱子里了，不是吗？他们不是已经把他带走了吗，校长？”

“你当然没见过了，他当然在箱子里，他们当然把他带走了。就当我没问过！”

“好的，校长。”

“应该是竞争对手干的，”胡利函校长说道，“当然是这样，一定是竞争对手干的，他们之前也是这么说的。但是这种事情怎么会发生在我们达尔文街小学呢？！”

“发生什么事情了，胡利函校长？”

“没什么事，丹尼尔。就当我没打过电话吧。”

妈妈拿回手机。

“您还好吗，胡利函校长？”她问道。

我凑了过去，听到胡利函校长尖声说还好，说她很好，非常感谢妈妈

的关心。

“乔治真的是一个……”

“是的，是的！他真的是……”

妈妈露出微笑，整个人都温柔了起来。

“放轻松些，胡利函校长。您的学校里不会每周都有机器人出现，对吧？”

“不会。”胡利函校长尖声答道。

“就是嘛。所以处理起来一定是很难的。您天天要面对这些普通孩子都够麻烦了，是吧？”

“没错，”胡利函校长说道，“我以后再也不会让机器人出现在学校里了。”

“那挺好的。”妈妈说道，“这样，您听我说，为什么不挑个时间来沙龙找我呢？我给您好好地按摩一下。按摩能帮助您镇静下来，怎么样？”

“好的好的，”胡利函校长尖声说道，“我会去的。请问您店里能做热蜡脱毛吗？”

“我们当然能做，而且效果好得很。您不如尽早过来，我好帮您从头到脚打理一番，绝对低价。”

“好的。哦，真的谢谢您，我会去的！”

“到时候您就会变成一个全新的您了，胡利函校长。”

“会吗？”

“会的。别再想这些东西了，祝您假期过得愉快。”

“谢谢您。哦，真的非常感谢您。”

妈妈放下电话。“可怜的胡利函校长。”她说道。

她摇了摇头。“所以这些都是真的？”

“是的，妈妈。”

“太让人心疼了。就算不用应付机器人，当个小学校长也是够难的。”

外面又有一辆车开了过去，并没有停下。

“我得给她做一个全身套餐，”妈妈说道，“海藻裹敷护理什么的。”

“是个好主意，妈妈。”我说道。我的心跳现在终于不再像打鼓一样了。

妈妈突然靠了过来，直视着我的眼睛。

“你不是机器人吧？”

我模仿起机械音。

“我是机器男孩，”我说道，“我是金属做的。我不是你的儿子。”

“啊，原来是这样，我终于搞清楚了。我们现在该去做比萨了吧。你能吃比萨吗，机器男孩？”

“能吃，机器男孩爱吃比萨。”

她走到冰箱前面，忽然停下来思考了一会儿。

“一小滴橄榄油，”她说道，“一小块儿什么也不涂的蛋糕，还有那句‘我觉得棒极了，真诚地感谢您’。这么一想，确实都合理了。”

“合理吗？”我问道。

妈妈笑了。“算是吧。”

“我要去趟厕所。”我对她说道。

我跑上楼，溜进自己的卧室。我不敢往衣柜里面看，但我还是强迫自己把柜门打开了几英寸。我把手伸进去，摸到一堆内裤和短袖。

他在那里，就在这堆衣服下面。乔治的头，双眼紧闭，一动不动，现在就放在搁板上，孤独地面对黑暗。

“乔治。”我低声说道。

当然不会有回应。

我再次用衣服把他的脑袋盖住，然后关上了柜门。我走到床边，看着住宅区，草坪上有好多孩子在快乐地玩耍。

其中一个孩子看到了我，朝我招了招手。她是学前班的一个小姑娘。

我也朝她挥挥手。我多想对她大喊：“我衣柜里有一个价值好几百万英镑的机器人脑袋，快来看哪！”

但我没有这样做。

楼下已经传来了比萨的香味。

“要放橄榄吗？”妈妈大声喊道。

“要——放，妈妈！”

我感觉到科什卡在蹭我的腿。

“你好啊，科什卡。”我说道。

科什卡发出咕噜咕噜的声音，然后挠起了衣柜的门，就好像它知道里面有什么一样。

“你的哥们儿回来了。”我低声说道。

我颤抖了起来，一半是因为兴奋，一半是因为恐惧。

30 妈妈的拥抱

真是奇怪的一晚。话说回来，怎么可能不奇怪呢？我一直留心听着外面有没有面包车的声音，时不时就朝窗外看看。比萨很好吃。妈妈很疲惫。她明天还有好多工作，要做头发、做美甲、做护理，又将是忙碌的一天。店里的生意越来越好，我跟妈妈说这是因为她很厉害。听到我这么说，妈妈只是微微一笑。她说，虽然她很享受自己经营美容沙龙的感觉，但还需要招聘一些员工来帮她分担工作。然而，要找到合适的人可太难了。

她笑了起来。“或许用不了多久，”她说道，“美容沙龙里面就会有机器人员工了吧。”

“有可能。”我说道。

“但其实也不太可能，不是吗？如果你想通过美容这份工作让顾客对自己感到满意，那么你就必须是一个非常体贴的人。如果你希望你给顾客做的造型能起到改变他人生的效果，那么你就必须是一个非常善良的人。”

她一边抿着葡萄酒，一边沉思了片刻。

“机器人或许也可以善良和体贴，”她说道，“他们可能也会温柔地给人按摩，带着爱意帮人锉指甲吧。你觉得呢，丹？”

我想到了伊登·马什。像他那样的人会想要打造出善良和体贴的机器人吗？机器人会自发地变成善良和体贴的样子吗？还是说，伊登·马什那种人打造出来的机器人只会是像伊登·马什那样的机器人？

“我不知道，妈妈。”我说道。

“乔治看上去就很像是善良的机器人，”妈妈说道，“他是那样吗？”

我想了想。他应该……算是吧。

“不清楚，”我说道，“他跟我们在一起的时间还不够我们了解他，妈妈。”

“可怜的乔治。他需要和我们这些人多相处一些时间的，对吧？”

“是的，妈妈。”

“和普通人相处得久一点儿。”

“是的，妈妈。”

“一想到他来到这个世界的时候，”妈妈说道，“没有爸爸和妈妈，就觉得好奇怪啊。成长的过程中都没有人关心他，也没有人拥抱他。”

她停顿了一下，似乎是被自己的想法震惊了。“他甚至都没有出生过。既然没有出生，那怎么能算活着呢？”

想到这里，我们都沉默了。她直接靠了过来，紧紧地抱住我，对我说她爱我，她一直爱着我。

“我知道，妈妈。”我低声说道。

她放开了我。

“可惜他们又把他拆掉了，”她说道，“不然我还可以抱抱他。”

“是的，妈妈，是的。”

我想到乔治的头就在楼上。

我努力不让自己去想乔治的头就在楼上。

她拿起遥控器。“想看会儿电视吗？”她问道。

“好。”

电视上正在重播《神秘博士》。赛博人[1]用力跺着脚，走在黑暗的钢铁走廊上，同时有人正惊恐地大喊大叫。我记得就在几年之前，我还非常害怕赛博人，甚至还会做噩梦梦见他们。现在，他们突然又吓到我了。

妈妈笑了。她也记起了我对赛博人的恐惧。

我按下遥控器，赛博人消失了。

我再按一下，他们回来了。

我再按一下，他们又不见了。

"想好了再按。"妈妈说道。

"对不起。"

"或许让乔治回到箱子里去也不是一件坏事。"妈妈说道，她努力笑了笑，"不论我们将什么带入这个世界，都必须小心谨慎。"

"我也这么觉得，妈妈。"

我们安静地待了一会儿。她在读她的书，我也试着去读我的书：《坟场之书》[2]。这是一本好书，但我现在根本无法

---

① 赛博人是英国科幻电视剧《神秘博士》中虚构的一种虚拟机器化生物，他们将情感视为弱点，并试图将人类转化为没有情感的赛博人。

② 英国科幻作家尼尔·盖曼的小说。故事讲述的是一个婴儿在失去父母后，从神秘的杀手身边逃到墓园，由那里的幽灵们抚养长大，从此展开了与其他孩子截然不同的生活。

集中注意力。我的心思总是飘回乔治身上，回到楼上的衣柜里。

我时不时看一眼手里的遥控器。

我感觉到妈妈在看我。

“我现在就可以把剪刀拿来。”她说道。

“拿剪刀干什么？”

“剪头发。”

“哦，不用了。我没事，妈妈。我想回房间去了。”

“去吧，孩子。”

我把遥控器放下，站了起来。

“小心赛博人哟。”我关上门时她说道。

我走上楼，看向窗外。天色渐暗，能看到妈妈那辆亮蓝色的面包车停在外面。所有小孩都已经回家了。远处传来警笛声。苍白的半个月亮悬在屋顶上。我在想乔治，想他的各个部分正散落在住宅区的不同地方。

我发觉身后有什么东西在动。回头一看，是科什卡进来了。

我拨通了马克西的电话。

“我们该怎么办？”我低声说道。

他不能聊太久，牧师又去他家了。

“不要声张，”他低声说道，“把他藏好。”

“说得对，”我说道，“说得对。”我停顿片刻，“我有点儿害怕，马克西。”

“我也是。但他们不可能发现是我们干的。”

“嗯，不会的。”

“我们需要电，”他说道，“我们需要一根数据线，然后就可以动手了。”

“动什么手？”

“就是动手啊。你知道我在说什么，丹。”

“可是我们要在哪里动手？什么时候动手？”

“不知道。不过我们会商量出一个办法的。不要声张，把他藏好。我要挂电话了。”

他把电话挂掉了。我听见妈妈在放洗澡水。她大声喊着她今天要早点儿睡觉，明天太忙了。

“好的，妈妈。”

我听见她走来走去的声音。我坐在床上，让科什卡趴在我的腿上。

我听见她走进浴室，听见她踏进浴缸。她还大叫着逗我说洗澡水很好喝。我在床上躺了很久，窗外的夜色越来越浓。妈妈走出浴室，敲了敲我的门，穿着睡衣走进我的房间。

“你还好吗，孩子？”她说道。

“我很好，妈妈。”

“乖孩子。”

她揉了揉我的头发，亲吻我的额头。

“我很高兴你不是机器人。”她说道。

“我也是。”

“晚安，儿子。”

“晚安，妈妈。”

“睡吧，”她叹息着说道，“美美地睡一觉吧。”

她离开了。我听见她回到自己房间，关上了门。

我等了一会儿，然后深吸一口气，打开柜门，把乔治的头拿了出来。

31
秘密计划

我坐在床上，双手抱着这颗头。我把它放在腿上，然后用手摸了摸自己的头，感受一下它有多大。我发现，我的头比乔治的头大了一点儿。我想了想自己的脑袋里面都有什么。里面充满了记忆。我听过的所有故事，我见过的所有人，我看过的所有电视节目，我读过的所有书，我去过的所有地方。还有萦绕在我脑海里的梦境：赛博人和狼、精灵和星际飞船。里面还充满了希望、烦恼和恐惧。它能做心算，能让我记住瓦斯科·达·伽马。它能让我想象出澳大利亚、比萨、鸡尾酒虾味的薯片、樱桃树和火星的样子。它能让我在想到我的伙伴时感受到快乐。它也能让我在想到伊登·马什那种人的时候感受到愤怒。

那乔治的脑袋呢？我又抱住了它。它有足球那么沉，皮肤摸上去和人类的皮肤一样，头发摸上去也和人类的头发一样。脸颊很柔软，和我自己的差不多。我看着他那双闭着的眼睛。这颗脑袋里面现在有什么呢？还是说，在别人把东西放进去之前，这里面真的什么都没有？

“乔治。”我低声呼唤他，不过，他当然不会回答。

科什卡在我们身边伸了个懒腰，发出咕噜咕噜的声音。我把乔治的脑袋高举起来，仔细看了看脖子露出来的地方，里面有几根很细的数据线，整齐地收在插槽里。

我听到妈妈发出一阵又一阵的笑声，她又做那些傻乎乎的梦了。

一想到自己正在做什么，我突然不寒而栗。我深吸了一口气。

我检查了一下乔治的左耳。如果仔细看，就能看到耳朵与头连接的缝隙。我轻轻地握住耳朵试图转动，但没有什么反应。我又朝另一个方向转，依然没有反应。扯了一下，没反应。我发现我的床头桌上有几枚硬币。我拿起一枚二十便士的硬币，试图将它卡进缝隙里。我用力向下压，没有压进去。我又拿五便士的试了一下，没有效果。拧了拧，还是没用。就在我刚打算放弃，准备去找个螺丝刀什么的时候，刚才的那些尝试突然奏效了。耳朵从脑袋上掉了下来。科什卡朝掉在地上的耳朵伸出爪子，但我马上把它捡了起来，塞到了枕头下面。

然后我又看了看连接耳朵的地方。

里面有我们白天在学校就看到过的一小排连接点，跟电脑侧面的连接点差不多。此外，还有一个电源插口和几个普通的 USB 插口。

“别碰。”我对科什卡说道。

我把脑袋放到枕头上，但转念一想，科什卡大概是控制不住自己的，于是我又把脑袋夹在了胳膊底下，下床去拿我的笔记本电脑的充电器。

我无意间瞟到镜子里的自己。于是，我停下来站到镜子前，看着镜子里的自己把乔治的脑袋夹在胳膊下面。太奇怪了。我把它提起来，放到了我的肩膀上。现在，我是一个长着两个头的男孩了。

我找到了充电器，把它插进电源插座里，但没有立刻打开电源的开关。我拿起需要连在乔治脑袋上的另一头，咔嗒一声插了进去。

刚好合适。

我看着窗外漆黑的夜色，望向天上的皎洁月亮，听到妈妈熟睡的声音。现在她正在打呼噜，不一会儿又停了下来，接着，周围的一切都变得寂静无声。

我弯下腰，拨开了墙上电源的开关。

什么也没有发生。然而正当我想要把电源关上时，我感

到乔治的头出现了轻微的震动，同时传出了十分微弱的嗡鸣声。我觉得自己能感受到这颗头正在逐渐变暖，我觉得这双眼睛马上就要睁开了。

我弯下腰，关掉了电源开关。然后拔下数据线，重新缠好。我把耳朵安了回去，再次把脑袋放进衣柜。

我告诉自己不要叫出声来。

我给马克西发送信息。

我们能做到。我们可以让乔治复活。

当然能。他回复道。

我坐在床上，腿上趴着科什卡，我望向漆黑的夜色。

一架飞机从住宅区上空飞过。

我又发信息给他。

我们明天就动手。

他们会来找他的。

不会找来这里的，他们肯定以为是竞争对手干的。

他们会这么想吗？

是的。

你确定？

确定。

那我们在哪儿动手呢？

我家。我妈妈明天一整天都不在家。

行。什么时候？

上午十点。我会发信息通知其他人。

好的。

然后便是长时间的停顿。

我很害怕。他在信息里写道。

我也是。

我又给比利和路易丝发送了信息。我告诉他们，新生命公司的人会以为是竞争对手干的。我还告诉他们，我们计划十点钟在我家动手。

好的。比利回复道。

好的。路易丝回复道。

我再次给马克西发信息。

都说好了。十点，来我家。我们会让他活过来的。

没错，我们会让他活过来的！

过了一会儿，我又给他们所有人发了一条信息。

带上遥控器。

好的。

好的。

好的。

我刷过牙，便准备上床睡觉。科什卡睡在我身边，趴在被子上发出咕噜咕噜的声音。但我睡不着。迷迷糊糊之间，我梦见赛博人跺着脚爬上楼梯，又梦见胡利函校长被水草缠住，动弹不得。后来，我又梦到马什和克丽丝特尔小姐走进我的房间。克丽丝特尔小姐依然拿着她的黑包。马什对她点了点头。

“抓紧动手吧，克丽丝特尔小姐。”他说道。

于是克丽丝特尔小姐把包打开，取出几样工具。她把我的头卸下来，从窗户扔了出去，它最后落在了樱桃树的树枝上。我看到自己的躯干正靠在下面的树干上，我看到我的两条腿自己在跑来跑去，我的胳膊以手作为支撑在地面上行走。那些扮成精灵的小姑娘们，围着我身体的各个部分，在草坪上一边跳舞一边笑。

“早上好啊，机器男孩。”妈妈说道。

我睁开眼睛，看到妈妈站在卧室门口。

“我得走了。”她说道，“马克西今天会来，对吧？”

“是的，妈妈。我们在家不会有事儿的，妈妈。”

“那就太好了。”

不一会儿，我就听到了她的面包车起动开走的声音。

科什卡在挠我的衣柜。

但我没有打开它。

32
如果他变成怪物……

我在餐桌边坐下。阳光透过窗户照射进来。我喝着茶，吃着抹了橘子酱的吐司。外面的街道上，已经有小孩出来玩儿了。科什卡也在外面，和平时一样闲逛。我试图说服自己，现在还是在梦里。我楼上的衣柜里没有一个机器人的头。我的朋友们不会带着遥控器和机器人的其他部分来找我。世界上也没有伊登·马什和克丽丝特尔小姐这两个人。

我摇了摇头，觉得整个想法都很可笑。我很快就会醒过来了，我要去马克西家，和他一起打电脑游戏，踢足球，或是像僵尸一样在大街上晃晃荡荡，去吓唬小孩。

外面有动静，定睛一看，是路易丝正朝厨房这边的门走过来，手里还提着她的琴盒。我开门让她进来。

“我是第一个到的？”

“是的。”

“你确定今天动手没问题吗？”

“没问题。”

她打开琴盒，把乔治的手臂拿了出来，放在茶壶和橘子酱旁边。我们静静地看着它们。

“我没睡着。”她说道。

“我也是。”

这时，马克西和比利带着各自的包一起过来了。

每个人都在发抖，每个人都想把这些事情忘得一干二净，但每个人都迫不及待地想要动手了。

“在这儿弄吗？”比利问道。

“不，”我说，“上楼去，万一有人来了呢。”我把厨房门锁好，带着他们一起到我的卧室里去。

路易丝抱着乔治的两条胳膊。比利和马克西把腿和躯干从他们的包里拿了出来。

我们把四肢和躯干摆在床上，然后我从衣柜里取出乔治的头，组成了一副完整的身体。

马克西咯咯地笑了起来。

“我们正在组装一个机器人！”他扑哧一声，笑得几乎说不出话来。

“谁有说明书？”比利问道。

听到这话，我们都像小孩一样咯咯地笑个不停。

等我们终于平静下来，我们仔细分辨了一下哪条是左腿，哪条是右腿，哪只是左臂，哪只是右臂。路易丝研究了一下左侧的腋窝，然后从左臂上方挑出几根电线。她搞清楚位置之后，便将电线一一连接到位。她对准腋窝的位置，把胳膊往里面拧了拧，只听咔嗒一声，胳膊就安好了。接着，她便用同样的方法安上了右臂。

比利和马克西一人一条腿，也是先接电线，然后试着往里面拧，直到听见咔嗒一声，就是安好了。

头由我负责。我从脖子里挑出几根电线，将它们与躯干里伸出的电线连接起来。电线很快就连好了。我把头往下推，但是安不进去。我又试了一次。这次我双手托住乔治的头，一边推一边拧——咔嗒——装上去了。

我们向后退了两步，默默地站着，低头看向床上的乔治。

我们几乎无法呼吸。

我们几乎不能对视。

“现在该干吗了？”马克西低声问道。

我拿起一枚五便士的硬币，向他们展示耳朵是怎么卸下来的。耳朵一卸，连接点就暴露在了外面。我还给他们展示了如何将电脑的充电器连到乔治头上的插槽里。我将充电器的三相插头插入墙面上的电源插座。

“他会不会做出一些可怕的事情？”路易丝问道。

“不会吧？”比利说道。

“我们其实并不知道他会不会。”

我们一动不动地站在原地。我们什么都不知道。

“如果他变成怪物了怎么办？”我问道。

他们都不知道该怎么回答这个问题。

“想要知道，那就只有一个办法。”马克西说道。他弯下腰，打开了插座的开关。

33
加油，乔治！

我们集体后退，静静地观望，一句话都说不出来。

这时，我再次听到了那个微弱的嗡鸣声。

“听。”我低声说道。

我们朝床边靠过去。

“天哪。”马克西说道。他俯下身，摸了摸乔治的胸口。“这里面在动。”他接着说。

我们继续等待着。

“充电需要多长时间？”比利问道。

没有人回答。

乔治只是躺在那里，双眼紧闭，一动不动。

“他可能跟笔记本电脑是一样的，”路易丝说道，“不需要把电充满就能工作。”

“你们带遥控器了吗？”我低声说道。我拿出自己家的遥控器，对准乔治，但我的手控制不住地颤抖。我按了一下。又按了一下。

毫无反应。

“乔治应该需要专用的遥控器。”马克西说道，“我们得想个办法把他们的遥控器也偷过来。”

比利从兜里掏出他家的遥控器。对准，按键；再对准，再按键。

“我拿巧克力棒对着他也是这个效果。”他说道。

路易丝从琴盒里摸出了她的遥控器。

“这是那种多功能遥控器，贵得离谱，很多东西都能用——电视、电脑、CD 播放器都行。”

她把遥控器对准乔治，按下按键。依然没有反应。她只得耸了耸肩。“显然，机器人不行。”她说道。

最后，马克西也试了一下他带来的遥控器，毫无用处。

“再等一会儿吧。”我说道。

比利笑了起来。“怕不是就算我们把机器人的电充满了，他也只能在床上躺一天吧？”

“就跟我的叔叔乔一样。”马克西说道。

突然间，所有这一切都显得非常愚蠢，既不令人兴奋，也不让人害怕。

“如果我们无法让他运行起来，那救他回来又有什么意义呢？”马克西问道，“这其实不能算救他了吧？”

“他们会把他拆开当零件用的，”路易丝说道，“然后把他放到博物馆里。我们救了他，他就不会变成那样了。”

“没错，而且马什那个人太讨厌了，你们觉得呢？”马克西说道。

我们全都这么认为。

“我们可能会因为这个进监狱。”我说道。

“但是这和偷东西不一样啊，”路易丝说道，“这算偷东西吗？这是把一个人偷走了。至少差不多算是个人吧。”

“那就是绑架。”我说道。

一时间，我们都不知道该说些什么。

“这是一个合适的罪名，”我说道，“能判好几年。”

“那我们把错都算在比利头上，”马克西说道，“毕竟是他亲手把乔治偷出来的。”

“那是因为他们太蠢了，”比利说道，“都只顾着拍照。我只是打开箱子，把乔治搬出来，抬到我的工具棚而已。简单快速。他们完全没有发现。”

“我们这样做都是为了乔治啊，”路易丝说道，“难道不是吗？你总不能让什么东西活过来，然后再随随便便把它关掉，就好像它毫无意义一样，你能这么做吗？”

“不能，”我说道，“这就像是谋杀。”

“没错！”比利说道，“谋杀！他们才应该被关到监狱里去。”

“而且，”我说道，“我们这样做是为了让他可以……”

“是为了让他可以重新活过来。”马克西说道。

“没错，”比利说道，“是为了让他能……变得真实，让他能变得和我们一样。”

他俯下身，拍了拍乔治的脑袋。

“醒过来吧，乔治，”他说道，“醒过来吧，哥们儿。你能做到的。”

我们全都聚拢到了乔治的身边，仿佛我们正在努力将能量和生命力注入他的体内。

“加油。”我们低声说道。

“醒过来吧，乔治。”

“你能做到的，乔治。”

“别担心，乔治，”我低声说道，“我们都陪着你，我们会照顾你的。”

“求求你醒过来吧，”比利说道，“我们都会成为你的朋友的。”

“你会生活得非常开心的。”马克西说道。

在我的幻想中，乔治应该和我们一起在住宅区里跑来跑去。我仿佛能看见他跟我们一起坐在樱桃树下的样子。我看得到他微笑的样子，听得到他大笑的声音。或许，我们幻想的画面也都是一模一样的。又或许，在我们各自的幻想中，每个人看到的乔治都是自己希望他能成为的样子。不过现在，我们只能待在我的小卧室里，围拢在他身边，感受着外面明媚的阳光透过窗户斜照进来。

“加油，乔治！”

“你能做到的，乔治！”

“你真的很棒，乔治！”

“我们……”

我们全都停顿下来，深吸一口气。

“我们爱你，乔治！”

说完之后，我们一起笑了出来。

这时，路易丝再次拿起了她的多功能遥控器。

然后，她按了下去。

再然后，乔治睁开了眼睛。

34
“复活”的乔治

“同学们，大家好。”乔治说道。他的声音听起来非常虚弱，仿佛是从几千英里以外传来。他的身体没有动。

我们全都跪在床边。

“你好啊，乔治。”路易丝说道。

他把目光转向她。

“我们是你的朋友，”她说道，“看，这是丹尼尔、比利，还有马克西。我是路易丝。”

“你还记得我们吗？”比利问道。

乔治没有回答。

“你还好吗？”我问道。

他再次发出了那个虚弱且缥缈的声音，十分缓慢地吐出每一个字。

“我觉得棒极了，真诚地感谢您。”

“你现在在我的卧室里，”我告诉他，“你之前来过这里。你还见过泰德和科什卡。”

我把手伸到床底下，找到泰德，然后把它放到乔治胸前。

“记得吗？”我低声问道。

他什么也没说，只是盯着天花板。过了一会儿，他闭上了眼睛。

我听到科什卡在挠卧室的门，好像有人叫它过来一样。我放它进来。一进门，它就直接跳到了床上。它贴着乔治的胳膊躺下来，然后便发出咕噜咕噜的声音。乔治还是一动不动。

“你会好起来的，乔治，”我低声说道，“我们保证会让你好起来的。”

他什么也没说，什么也没做。我突然觉得，我们是不是不应该做这些事情。这对乔治来说太艰难了。可能他压根儿就不想再活过来。可能他就是想待在箱子里，或者被拆成一堆零件，又或者被放进博物馆。可能他根本什么都不想要，或者没有想要任何东西的能力。可能我们真的做错了。可能我们才是真的残忍。

现在，我只知道我们想给乔治最好的，不论最后的结果如何。而且不管我们做什么，都必须尽力把它做好。

“我们应该让他坐起来。”马克西说道。

“你确定？”比利问道。

“是的，”马克西说道，“他迟早得动弹动弹吧，不是吗？”

于是马克西和我把手塞进他肩膀下面，试图把他的上半身抬起来。

“来吧，哥们儿，”我说道，“试试能不能坐起来。”

他睁开眼睛，任凭我们把他抬了起来，然后推到床头，好让他能靠在上面。他很重，就像我们一样重。

我们让他坐在那里，我们就让他坐在那里但什么都不做。电依然顺着数据线注入他体内。时间一分一秒地过去了。太阳慢慢越过住宅区的上空，已经是下午了。

“你需要什么吗？”路易丝问道。

乔治没有回答。

“或许我们需要给他添加一些能力，”马克西说道，“就像他们把数学和足球的技能放进去一样。”

我们都忍不住叹气。我们怎么可能做得到呢？

路易丝对着他唱起了歌：

“世间的万物明亮而美好，

所有的生灵伟大又渺小。”

“这是我们在全校大会上唱的歌，乔治，”她说道，“你还记得吗？”

乔治眨了眨眼，又闭上了眼睛，如同再次消失了一般，但又好像是在听我们说话。

“世间的万物智慧且奇妙，

造物主将所有一切创造。”

比利说他太饿了，于是我下楼拿了些饼干、奶酪，还有可乐什么的。等我回到卧室，我简直不敢相信发生了什么。

乔治似乎是在唱歌，跟着路易丝的节奏，用他微弱、缥缈的声音唱着歌。没有具体的歌词，没有明确的曲调，他只是附和着路易丝的歌声，甜美地哼唱着。

我们安静地听着，仿佛被迷住了一般，直到他停了下来。

“看到没有，”比利说道，“我们能做到的。我们可以把他需要的所有东西都放进去。”

“乔治，”我低声说道，“你回来了，乔治。”

他睁开眼睛。

“丹尼尔，”他说道，“比利，路易丝，马克西。”

“你全都说对了。”马克西说道。

“哥们儿，”乔治用他微弱的声音说道，“哥们儿。”

然后，他再次闭上了眼睛。

35
把乔治藏起来

我们让他在床上休息，让电慢慢流入他的体内。我们围坐在一起，吃着饼干和奶酪，喝着可乐。时间就这么一点一点过去了。乔治瘫坐在那里，似乎已经筋疲力尽。我再次怀疑，我们到底该不该这样做。我再次怀疑，或许我们才是残忍的。

比利和我想的一样。

“可能他并不想这样。”他说道。

我们都明白，也许他是对的。

“我们今天做的大概已经够多了。”路易丝说道。

“没错，”我说道，“毕竟，我妈妈也快回来了。我们得把乔治再藏起来。”

“藏哪儿呢？”比利问道。

“我们不能把他带到外面去。还是得藏在这里，跟我待在一起。”

我们环顾我的小房间，发现还是只能藏在衣柜里。

我们准备再次转移乔治。马克西和我用手托住他的腋窝，试图把他抬起来。我能感觉到乔治的身体已经变得温暖，就和我们一样温暖。

“加油，乔治，”我说道，“试一试能不能站起来。”

我们扶着他转过身，他的两只脚沿着床边滑落下来。我把连在他脑袋上的数据线拔了下来，以免他被绊倒，然后把他的耳朵也装了回去。我们拉他站起来，但他的身体控制不住地往前倾。摇晃了一会儿，才终于掌握了平衡。

“太棒了，乔治。”路易丝说道。

“你做得很好。”比利说道。

我突然意识到乔治站在了窗前，于是马上越过他拉上了窗帘。外面有很多孩子，不过没有人往上看。应该不会有人看到吧。

“把柜门打开，比利。”我说道。

比利打开柜门。

我们扶着乔治前进。他把一只脚迈到另一只脚前面。

“到这里面来，”我低声说道，“别担心，你不会有事的。”

我们带他走进衣柜。我还把大衣推到旁边，好让他能站在里面。我们扶着他转身，让他的脸朝向外面。他的眼神穿过黑暗，注视着我们。

“你还好吗？”路易丝问道。

“我觉得棒极了，真诚地感谢您。”他答道。

我们把身子探进衣柜里，轮流拍了拍他的肩膀，露出鼓励的微笑。我们告诉他，一切都会好的。

“比利，”乔治说道，“马克西，丹尼尔，路易丝。”

“没错！”路易丝说道，“太好了，乔治。”

科什卡穿过我们溜进衣柜，站在了乔治的脚边。

“科什卡。”我说道。

“科什——卡。”乔治轻声说道。

科什卡发出咕噜咕噜的声音。

“该把他关掉了。”马克西说道。

我们咬紧牙关，屏住呼吸。他说得对。

路易丝把多功能遥控器拿了过来。

“我们不会抛弃你的，乔治。”她说道。

她举起遥控器，对准乔治，按了下去。

乔治的眼睛闭上了。

他站在那里，一动不动。

路易丝把遥控器放在衣柜里面的一个搁板上。

“反正我们家的遥控器总丢，”她说道，“他们肯定以为它掉进沙发缝里了什么的。”

我把科什卡抱了出来。

“可怜的乔治，”路易丝说道，“他待过实验室、面包车、箱子、另一个箱子、包、另一个包，还有琴盒，现在又进了衣柜。”

“你总有一天会获得自由的。”比利说道。

“是的，”我们都这样想，“总有一天，乔治，你会自由的。”

我们关上了柜门。

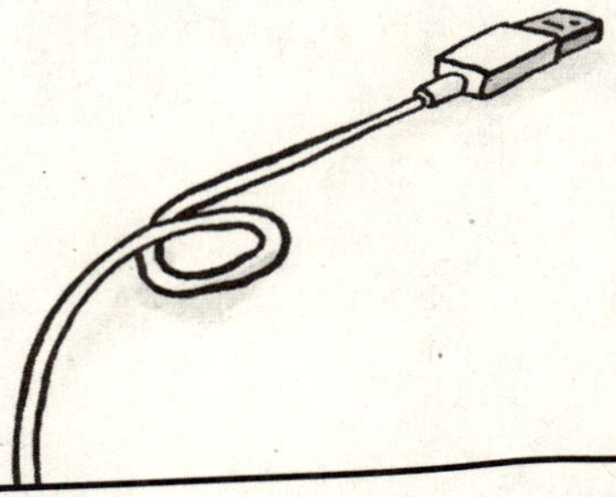

第6章
出发去科根林地

36
不知所措

我们说定下周一再见，因为那天我妈妈还会出门上班。可是现在，我们都不愿意分开。我们已经不仅是一个团队了，也不只是一群好朋友。我们今天共同经历了一些非同寻常的事情。我们把各自的东西收好，来到楼下，然后在厨房里待了一会儿。一切似乎都变得不一样了，就连这个又旧又普通的厨房也是如此。整个世界，包括楼梯，包括厨房，都跟从前大不一样了。我们也不再是过去的我们了。我们不知所措，面面相觑，谁也不知道该怎么描述今天发生的事情。我们四个人尴尬地拥抱了一下，然后便急匆匆地松开了。

我打开后门，跟大家说再见。我的朋友们迈出这间屋子，走进春日傍晚的暮色中。我看着他们离开我家的花园，互相告别，踏上不同的道路，穿过在我们心中已经变样的住宅区，回到各自的家里。

我就这样站在门口，直到他们彻底消失在我的视线当中。我向外看去，有灰白色的房子，还有鲜绿的草坪和树木，孩子们在玩耍，鸟儿在空中飞翔，汽车在阳光的照耀下闪闪发亮。我再次把门关好，却不知道该做些什么。我想要唱歌，想要祈祷，想哭，也想笑，于是我把这些都做了一遍。等我反应过来的时候，我才发现自己正在跳着奇怪的舞，好像我体内有什么东西在指引着我，这种来自内心最深处的东西正在操纵着我，让我摆动自己的身体，让我摇晃自己的四肢，让我闭上自己的眼睛，让我向下伸展，去触摸大地，又让我向上伸展，去感受天空。

我忽然觉得自己很好笑，于是我便笑啊，笑啊，笑个没完没了。

这时，我听见妈妈的面包车停在外面，然后看到妈妈推门走了进来。

我还是止不住地笑。妈妈看到我这样，也露出了笑容。

“今天和马克西在一起玩儿得开心吗，儿子？”

“是的，妈妈。您今天工作顺利吗？”

“顺利呀，儿子。”她也笑了起来。

“有什么好笑的事情吗？”我问道。

“可太多了！”妈妈说道，“本森太太滑稽的脚丫子，路易·帕特尔彩虹色的头发……还有胡利函校长！”

“胡利函校长？”

“没错。她今天来店里预约，还问我能不能做大脑移植，因为她想把自己脑袋里的烦心事丢掉。”

她笑个不停。

“还有你。”她说道。

“我？”

她托起我的下巴，亲了我一下。

“没错，还有你，”她说道，“你可真是一个怪人。”

“我知道，妈妈，而且您也是！”

37

黑色面包车

我冷静下来。妈妈脱掉了上班穿的衣服，换上了毛衣和牛仔裤。她跟几个朋友通了电话。还有人听说她在招人，打电话来向她求证。妈妈说她的确打算招人。她问了电话里的人有什么资格证明和工作经历，又问了对方在美容沙龙的工作范围内有没有什么格外感兴趣的领域。妈妈解释说，自己的生意还在发展阶段，因此需要组建一个合适的团队。最后，她安排好让那个人下周来面试。

妈妈放下电话。“好像还不错，”她说道，“年轻，开朗，而且很有想法。跟我年轻的时候可能有点儿像。”

“您现在也很年轻，妈妈。”我说道。

她咧嘴笑起来。“如果找到合适的人，我就能把‘全新的你’打造成城北一带最好的美容沙龙。”

“您一定能做到，妈妈。您就是明星。”

科什卡跳上她的大腿。

“您看，科什卡也这么觉得。”

我躺在沙发上伸了个懒腰，拿过《坟场之书》读了起来。我想，我大概是希望周围的一切事物在短时间内都保持这种普通的状态。我希望跟妈妈度过一个普通的周六晚上，吃一点儿好吃的东西，一起读书，一起看些好看的、普通的电视节目。此刻，她坐在自己的椅子上，腿上趴着科什卡。她正在阅读一本关于化妆历史的书。她告诉我，在几千年前的希腊和罗马，人们会给塑像化妆，好让它们看起来更加真实。她还说在历史上的某些时期，有些地方还会禁止人们化妆。当时的人们认为化妆是伪装，是诈骗，是欺骗别人的行为。总之，是一种罪恶。

她笑了起来。“这种观点对我来说可没什么好处，”她说道，“对‘全新的你’也没有好处。”

过了一会儿，我们开始准备晚饭。今天要做的是鳕鱼、土豆和菠菜。妈妈说，这些东西对肠胃和气色大有好处。我们把所有食材放进锅和烤箱里。妈妈抿了两口白葡萄酒，我喝了一大口果汁。我们的晚饭是在餐桌上吃的。妈妈跟我说，她小的时候有一次闯祸，用水彩颜料和毡头笔在她的朋友南希脸上化妆。她妈妈发现以后都快气死了，南希脸上绿色的笔迹直到一周之后才完全消失。

“不过南希倒是无所谓，她还觉得我化得很漂亮呢。其实我也这么觉得。”

外面天色渐晚。我吃了一根香蕉。妈妈喝了两杯茶，问我等会儿要不要一起看电视。这时我才想起来，遥控器被我落在楼上了，于是我骗她说我要去上厕所。但我其实是回了卧室，去拿放在书架上的遥控器。我努力控制自己不要往衣柜那边看，于是我一拿到遥控器，便立刻转身出了门。

就在这时，我看到那辆黑色的面包车开着前灯沿街驶来，然后缓缓地停在妈妈的面包车后面。

马什从车上下来。

然后是克丽丝特尔小姐，手里拎着她的黑包。

38
不速之客

等我从楼上下来，他们已经走到前门了，妈妈也已经把门打开。

“马什先生，”她说道，“克丽丝特尔小姐。”

“您记得真清楚，”马什说道，“很高兴再次见到您。”

但妈妈没有请他们进来。

“丹尼尔在家吗？”马什问道，不过这时他已经看到了后面的我，“啊，原来在家。你好啊，丹尼尔。”他又把那种笑容挂在脸上。

“您好，马什先生。”我说道。

“很高兴见到你，小伙子。”

妈妈没有动。

“有什么能帮到您二位吗？”她问道。

“哦，我们只是来问点儿事情，女士……能冒昧地请您允许我们进去说吗？”

妈妈看了我一眼。我想让她把他们赶出去，但我根本说不出话来。她侧身让他们走了进来。

“是有关乔治的事情。”克丽丝特尔小姐说道。

“我听说过他，”妈妈说道，“我知道他是什么，也知道你们对他做了什么。”

“啊，他可是我们了不起的成就！”马什说道，“我们时间有限，所以很快就能问完。”

我握紧了拳头。我的手掌在流汗，我的心脏怦怦直跳，我几乎无法呼吸。马什站在客厅的边桌旁，克丽丝特尔小姐则仍然站在门口。

“你没有见过乔治吧，丹尼尔？应该没有吧？”马什问道。

我能看出妈妈已经很生气了。她一点儿也不喜欢这个男的。

“见乔治？”她说道，“他当然见过了，马什先生，他还见到了你们是怎么对待他的。”

马什耸了耸肩。

“我明白您指的是什么时候，但我是想问，在那之后你又见过他吗，丹尼尔？”

“在那之后他怎么可能见过乔治？”妈妈说道，“他都被拆成零件了，被你们关到箱子里了。”

马什没有理会她。

“你见过他吗，丹尼尔？”他又问道。

“我怎么见？”我强迫自己说出这些话，“他已经离开了，是你们把他带走的。”

马什一定看得出来我有多紧张。他一定能看得出来我在撒谎。

“他不见了，丹尼尔。”

“他怎么了？”妈妈问道。

“不见了。可能是某个竞争对手的公司把他偷走了吧。但是我们不能放过每一种可能性，是吧，丹尼尔？”

“是的。我的意思是，你们确实该仔细调查，但不是说你们在我这儿能查到什么。”

他盯着我，而我也试图用力盯回去。

“马什先生？”妈妈说道。

“怎么了？”

“你们连乔治那样的孩子都能弄丢，这是不是也太粗心了点儿？把任何孩子弄丢都说不过去吧？”

“他不是随便什么孩子。乔治是革命性技术的产物。”

“可我看到的不是那样。我看到的乔治就是一个男孩，和任何男孩都一样，需要吃好吃的东西，还需要一点儿关心和爱护。”

“关心和爱护无关紧要，”马什说道，“他是我们经过多年研究才打造出来的产品。他是全新的。”

“所有孩子都是全新的，”妈妈说道，“在很久之前的某一天，您和克丽丝特尔小姐也都曾是全新的。”

不过我看得出来，妈妈其实很怀疑马什有没有经历过全新的阶段。

“不，女士，”马什说道，“您说错了。这个东西不一样。我们对它的投资已经达到了数百万英镑。”

“所以说，你们并没有照顾好你们投资的项目，对吧？”

克丽丝特尔小姐对妈妈的话不予理会，而是转向了我。

“你什么都不知道吗？”她问道，“你什么都没看见吗？”

“他当然什么都没看见，”妈妈说道，“他怎么可能知道关于这个项目的任何事情？你们凭什么到我家里来对我可爱的儿子说这种话！”

克丽丝特尔小姐伸出手，似乎想要拉住妈妈的胳膊，但妈妈没给她这个机会。

“我们确实知道这不太可能，”克丽丝特尔小姐说道，“非常抱歉在周末的晚上打扰你们了。”

“不过，”马什说道，“我们真的必须找到他。”

“我觉得，”妈妈说道，“你们在这里已经待得够久了。”

马什看着我，露出了他的那种笑容。

“我们会找到他的，丹尼尔，”他说道，“我们会带他回到他该回去的地方。”

他们刚一出去，妈妈就狠狠地关上了门。

“恶心！”她说道，“他们怎么敢来跟我们这么说话？我倒是很乐意看到他们把乔治弄丢了。他们不配拥有乔治。”

等我们回到客厅，我发现妈妈的眼里含着泪水。

“可怜的乔治，”她说道，“可怜的乔治，他到底能出什么事呢？”

“我不知道，妈妈。”我低声说道。

她微笑着叹了口气。

“这几天发生了这么多事，实在是让人有点儿招架不住了。你结交了乔治那样的哥们儿，又遇到了马什那样的怪物。你还好吗？”

“我也觉得很累，妈妈。”

“那我们今天看一点儿老片子怎么样？”

“嗯？”

“就像以前一样。《邮递员派特叔叔》①怎么样？还是《罗西和吉姆》②？”

我笑出声来，但这的确是我们会做的事情。我们点开《邮递员派特叔叔》，一集又一集地看下去。我们坐在沙发上，一起对着电视大笑，一起跟着音乐唱歌。我们记得主题

① 英国动画片，主要讲述邮递员派特每天驾着醒目的红色邮车，带着白脸小黑猫杰斯，为小镇居民送信和帮助他人的故事。

② 英国动画片，片中的罗西和吉姆是两个布娃娃，周围没有人的时候它们就会活过来。

曲的每一句歌词和每一段旋律，这种感觉真是太棒了。我们似乎回到了所有这一切都还没有发生的时候，而我似乎再次成为一个单纯的、全新的孩子。

39
我和马克西的友谊

那天晚上，我一次都没有打开柜门。我想让自己忘掉衣柜里面有什么。这一切实在太让人难以招架了；所有事情都发生得太快了。我把枕头盖在自己脸上，对自己说，不要再想了，都忘掉吧。但我做不到。我想给马克西发信息，告诉他马什来找我的事情，但我又不想这样做了。

别想了，我告诉自己。停下来！

这种念头后来一定是奏效了，因为等我再次清醒过来，已经是新的一天，窗外阳光明媚。我从床上爬起来，下楼和妈妈一起吃早饭。不知从什么地方传来了教堂的钟声，我们还能听到鸟儿在歌唱。

“春季的星期天，”妈妈说道，“是一年之中最好的日子。”

“您每天都说是最好的一天。”我对她说道。

“是吗？”

"您自己明明知道。冬天的时候您也是这么说的，还有——"

"啊，好吧。可能每一天都是最好的一天吧！你今天有什么打算吗？"

"不知道。"

"不去找马克西吗？疯玩儿一天。"

我耸了耸肩，大概吧。

我给他发了信息，约好在樱桃树下见面。

"您今天计划做点儿什么？"我问她。

"什么也不做。完完全全什么也不做的美好星期天。"

我没有打开衣柜，但我检查了一下柜门有没有关好，之后便出门了。

去见马克西的途中，我还在雪莱大街跟几个孩子踢了一会儿足球。后来，我又在威尔夫的小卖店买了一包薯片。渐渐地，我开始体会到了一种令人愉快的自由自在的感觉，那就是做我自己，就是在我熟知的地方来去自如。我跟伙伴们挥手，向邻居们问好，咆哮着吓唬那些精灵一般的小姑娘。

马克西一边吃着花生酱三明治，一边在树下等我。我把薯片递给他，他便抓了一把塞进两片面包里，还说人类目前还没有发现比这更加美味的东西。

我跟他说了马什和克丽丝特尔小姐的事情，然后问他，他们后来有没有去找他。

“没有。他们没理由来找我啊。他们怎么会觉得我跟这件事有关系呢？他们怎么会觉得我们几个当中的任何人跟这件事有关系呢？他们只是去试探一下你，因为乔治去你家里喝过下午茶。他们一点儿头绪都没有，丹。他们肯定认为是其他讨厌的机器人公司干的。乔治还好吗？”

我耸了耸肩。“还好吧。”我说道。

“那就好。”

他突然咯咯地笑了起来，喷出好多三明治的碎屑。他打了个嗝，然后放了一个巨响的屁。

“我做了一个梦！”他说道，“我梦见自己是一个机器人，我的脑袋在开全校大会的时候掉下来了，然后胡利函校长说：‘别再犯傻了，马克西米利安！'"

我往嘴里塞了一把薯片，然后跟他一起笑了起来，碎屑喷得到处都是。

"说你呢，"我把声音拔高了好几个度，"别再犯傻了，马克西米利安！"

"不！我为什么要听你的？"

"因为我在命令你。"

"你凭什么命令我？"

"因为我是你的老板。"

"你才不是！"

我们朝对方身上撞过去，然后开始摔跤，在草地上滚来滚去。我们搂住对方的脖子，哈哈大笑，吐沫乱飞，互相说着我们是傻瓜、是笨蛋。我们就这样一直打闹一直笑，好像时间已经过去了很久，直到我们两个全都筋疲力尽。马克西坐在我身上问道："打够了吗？认输吗？"

"认了。"我说道，但等他从我身上翻下去，我立马改口说"不认"，但我们实在是太累了，一点儿也打不动了。我们躺在樱桃树下，喘着粗气，感觉身上的肌肉酸痛。

我们注意到有一个推着购物车的老奶奶站在附近看我们。

"你们两个小伙子没事儿吧？"

“没事儿。”我们说道。

“所以你们现在打算跟对方和解，然后好好相处吗？”

“是的。”我们说道。

老奶奶一边念叨着“这样就好”，一边继续往前走了。而这个让我们和解的主意逗得我们俩哈哈大笑，最后变成我对他说我恨你，他也反过来对我说他恨我。

我们没有做什么，只是在外面闲逛。我们去秋千公园荡了一会儿秋千。我们拿棍子捅了捅某段树篱下面的一个洞，因为我们知道里面住着一只鹿角虫。它被我们从洞里招惹了出来，它通体黑色，闪闪发亮，好像从火星来的一样。不过一分钟之后，它就掉头钻回洞里了。鹿角虫就像是会出现在噩梦里的东西。几年前，我们还知道另外一只住在哪里。每次像这样把它弄出来的时候，我都会非常害怕，尖叫着逃走。

我们原本考虑要不要去比利家叫他一起出来玩，后来又觉得只有我们两个人也很好。我们经过路易丝家的时候，也想着要不要去叫她，不过我们听到了她练习小提琴的声音。马克西说他一会儿就得回家了。因为他们家每到星期天就要吃一顿正式的晚餐，盘子上的餐巾要叠出花样的那种。为了这顿饭，马克西必须先洗头，然后换上一件干净的衬衫。

“我不得不忍受这些，”他说道，“如果我不配合，她就会找我爸的麻烦。她还说这样能帮我养成守规矩的好习惯。”

“你确实需要培养一下这个习惯。”我笑道。

“好的，我知道了。不然我就会长成一个怪物啦。”

“你已经是了，哥们儿。”

“我知道。只不过她还没有发现。但至少她已经不再期待让我重生了。可她又说或许可以改到明年。”

“挺好的。”

他笑了。“无论如何，就算我真的要重生，我也只希望我能重生为我自己。”

“所以你还是马克西·卡尔。”

“没错！拜拜啦，哥们儿。”

“拜拜。明天还来我家商量乔治的事吗？”

“当然。”

我们看着对方，心里都想着眼下的处境有多么奇怪，但我们谁也没有多说什么。道别之后，我们各自朝不同的方向走去。

我很开心。我一直希望自己能有一个兄弟，而马克西对我来说既像兄弟，又像哥们儿。

我很高兴我能拥有妈妈这样的妈妈，而不是他爸爸的新妻子那样的妈妈。

家家都不一样，真奇怪。

路过秋千公园的时候，有几个精灵般的小姑娘让我吓唬她们，于是我就陪她们闹了一会儿。

我告诉她们，我知道在距离我们很近的一个洞里，住着一个能把她们吓得魂飞魄散的东西。

“让我们看看，让我们看看！”她们喊道。

但我说不行，因为她们还太小了。她们求我告诉她们，不过我没有同意，而且我知道她们其实更希望我不要说出来。

快要到家的时候，科什卡凑了过来陪我一起往回走。我弯下腰摸了摸它，对着它轻声低语。我爱科什卡。我甚至无法想象没有它的生活会是什么样的。从我三岁开始它就陪伴在我身边了。

走到门口，我把自己挂在大门上，把它当成秋千荡了一会儿，然后才往屋子里走。

妈妈坐在厨房的餐桌旁边，手里捧着一杯茶。

“你好，妈妈。”我说道。

“你好，儿子。能请你解释一下为什么乔治会出现在你的衣柜里吗？”

40

向妈妈坦白

我别无选择，只能把一切都告诉她。她听得十分认真。妈妈跟我说，她绝不是故意去开我的衣柜的，只是她听到小猫没完没了地挠东西，只好上楼去看看它怎么了。她以为科什卡挠柜子是因为里面有老鼠什么的，于是打开柜门检查了一下。

“我的魂儿都快吓出来了！”她说道。

“您告诉别人了吗？”

她摇了摇头。“你觉得我会告诉谁呢，丹？”

“不知道。警察什么的吧。”

“警察？”

“是的。这应该算盗窃，或者绑架，或者……我有可能会在监狱里关很多很多年。”

“所以说我有充足的理由不告诉他们，对吧？”

我哭了起来。就在一瞬间，我再也控制不住自己的眼泪了。

我们坐在沙发上，直到我冷静下来。

“等你回来的时候，我一直在想。”她说道。

“想什么？”

“想你是怎么把他救出来的，想我有多为你感到自豪。”

“真的吗？”

“真的。我为你们所有人感到自豪，丹。只有你们这样的孩子才能改变世界。”

“我们能做到吗？”

“你们会保护好这个世界，抵挡伊登·马什那种人对它的伤害。没错，他非常聪明，而且能创造出令人赞叹的东西，但他不知道该如何照顾这些东西，也不知道该怎么爱它们。”

说着，她突然咯咯地笑了起来，好像一个年轻的小姑娘。

“既然你已经把一个机器人带回家了，”她说道，“那么能让我好好看一看他吗？”

“好的，妈妈，没问题。”

41
妈妈的建议

我们来到楼上。我先把窗帘拉好，然后打开柜门。妈妈吓得跳了起来，但她还是深吸一口气，渐渐冷静下来。乔治依然保持着我们把他关掉时的样子，站在衣服中间，直挺挺地一动不动，手臂放在两侧，眼睛也没有睁开。

妈妈说他看上去好可爱，好安详。

“他的皮肤和你我的差不多。”她说道。

她看得更加仔细了。

“就像我们的皮肤一样，”她说道，“接近人类，但又不完全是人类的样子。太完美了！”

“太完美？”

“任何东西都是不完美的，不是吗？人身上的任何东西都是不完美的。比如你，你就不是完美的，对吧？”

“差远了。”

“可是，像马什那样的人会怎么理解这种不完美呢？”

我拿起搁板上的多功能遥控器。

“你拿遥控器干什么？”她问道。

我对准乔治。

“你在开玩笑吧！”妈妈难以置信地说道。

我按下按键，没有反应。我又按了一下，还是没反应。于是我又按了好几下。

乔治终于睁开了眼睛。

“同学们，大家好。”他说道。

妈妈吓得捂住嘴，往旁边躲了一下。

“没事的，妈妈。”我低声说道，“你还好吗，乔治？”

“我觉得棒极了，真诚地感谢您。”他答道。

我抓住他的手肘，轻轻地拉他出来。他向前迈了一小步，然后又是一小步，直到我带着他从衣柜里面走了出来。这时，小猫已经蹲在了他的脚边。

“科什——卡。”乔治说道。

“没错。”我低声说道，“来吧，乔治，到房间里来。”

他又向前走了几步。

“你好，乔治。”妈妈用颤抖的声音说道。

“乔治，这是妈妈。”我告诉他。

“妈——妈。”他说道，“妈妈。”

“没错。到这边来，过来坐下，哥们儿。”

我帮他转过身，在床上坐下。科什卡跳上来趴在他身边。乔治便把手搭在科什卡背上，引得小猫发出咕噜咕噜的声音。

妈妈挨着他坐下，摸了摸他的头发。

“这是真发。”她低声说道。

“真的吗？”

“是的，真人的头发。但颜色太浅了，就像漂过似的。”

她思索了一阵儿。“我们可以给他换个颜色，”她说道，“染成棕色，或者黑色，方便他和你们打成一片。”

她端详了他一阵儿。“所有地方都可以改，”她说道，“我可以给他来个彻底的外形改造，让他看上去焕然一新。”

“或许可以，”我说道，“但这不该由我们来决定。他应该成为他想要成为的样子。”

“你说得对。”妈妈说道。

“你想成为什么样子呢，乔治？”我问道。

没有回答。

“你想成为我们这样吗，乔治？”

没有回答。

科什卡发出咕噜咕噜的声音。

外面天色已晚，又是时光飞逝的一天。

“其他人明天还会过来。”我告诉妈妈。

“你们打算做什么呢？”

“做一点儿练习吧，走路啊，说话啊什么的。”

“就像你们小时候那样吗？”

“对，就像那样。”

在这间正方形的小房间里，我们一起坐在这张长方形的小床上。我看了看他，又看了看自己。等到明天，这间屋子要装下五个人，除此之外还有这张床、我的衣柜和紧闭的窗帘。实在是太拥挤了。在这样的房间里，他该怎么练习成为乔治呢？

“我们得带他出去。”我说道。

“出去？”

“我向来就不喜欢被困在屋子里，不是吗？那乔治又怎么会喜欢呢？”

“可是这样做安全吗？”

“去科根林地啊。您可以开着面包车把我们送过去。没有人会看到的。”

这个主意似乎好得多。因为在科根林地，我可以像个孩子一样自由而狂野地奔跑，可以在女巫树上攀爬，可以在溪流中玩耍，还可以在睡莲池塘里抓蝌蚪。每当这时候，妈妈都会在旁边，一边笑着一边鼓励我。我已经能想象到乔治像我一样疯狂奔跑的画面了，就像这片住宅区里每一个普通的孩子一样，就像属于科根林地的孩子一样。

“你还有些旧衣服没收起来，”妈妈说道，“可以给乔治穿。”

“你觉得怎么样，乔治？”我问他，“你明天想不想去科根林地？”

“科——根——林——地。”他说道。

“我画过一幅画，还给你看了，记得吗？”

没有回答。

“那里充满了魔力。”我说道。

“魔——力。”

我给其他人发送了信息，告诉他们，我们明天要带乔治去科根林地，他将在那里学会走路和跑步。他过去一直待在箱子里、面包车里，然后又是箱子里、衣柜里、房间里。我问他们，难道我们不是希望他获得自由吗？那么实现自由的第一步，就是让他像我们一样，到科根林地去。妈妈会开着她的面包车带我们过去，然后再接我们回来。

他们全都同意了。

我们要带点儿吃的，带点儿喝的，还要带糖果。我今天要给他充满电，明天还要记得带遥控器。

妈妈和我为乔治找来一条旧牛仔裤和一件绿毛衣。我们帮他把衣服穿好，还给他换上一双旧运动鞋。

“你现在差不多已经是一个普通的小伙子了，乔治。”妈妈说道。

“还是太干净了，”我说道，“等明天进了科根林地，我们一定要把他搞得脏兮兮的才行。”

妈妈笑了起来。

“好主意，这也算是对他的外形改造了，对吗？他会焕然一新的。”

我和乔治在房间里来来回回地练习走路。他学着向前迈步，学着摆动手臂，学着怎样转身。科什卡跟在他身边，一起走，一起转身。

“太棒了，乔治。”我说道。

“你非常有天分，乔治。”妈妈说道。

这时我想到，可能我们今天做得已经够多了。或许乔治也会像普通人一样觉得疲惫。而周围的一切对于乔治来说又都是那么新鲜和奇怪。

于是我带他走向衣柜，打开柜门，打算让他回到里面去。

他在衣柜门前停了下来。

“这样做只是为了保证你在晚上的安全。”我说道。

我轻轻地推了推他，但他依然没有进去。

“不——不，”他轻声说道，“不。”

突然间，我的脑海里出现了伊登·马什把乔治推进黑色面包车的画面。或许，我和伊登·马什其实是同一种人。或许，我们每个人的心底都住着一个伊登·马什。

于是，我带乔治离开了衣柜。

我让他坐在床上，然后自己也在床上坐好。

“对不起，哥们儿。”我说道。

我从床底下拉出一张充气床垫，每次马克西来我家住的时候，都会睡在这张床垫上。我开始给床垫吹气，直到自己头晕目眩。床垫很快就吹起来了，我把它摆在了我的床边。

“马克西留宿的时候就睡这里。”我解释道。

“马——克西。”乔治说道。

我在床垫上躺下，向他展示该怎么做。我拉住他的手，他便慢慢地在我身边蹲了下来。

终于，他跟我一起躺在了床垫上，双眼望着天花板。

妈妈从我床上拿了一个枕头，抬起乔治的头，把枕头垫在下面。

她又从衣柜里取出一条毯子，盖在了乔治身上。

“毯子能让你在睡觉的时候又暖和又舒服。”

我往旁边一滑，离开了床垫。乔治转过头，看着我站起来。

“我们可以给他讲一个睡前故事，”妈妈说道，“他也许会喜欢的。”

“他一定会喜欢的。”

“最好是温柔一点儿的故事。”

“《邮递员派特叔叔》！”我说道。

妈妈咧嘴笑了。没错，这个故事就很好。

我在我的书架上翻了一通。在这儿呢，这个系列的书都在，而且全都皱巴巴的，又破又旧。可见我有多爱这套书。

妈妈念了几个故事给我们。我躺在床上，乔治躺在地上的充气床垫上。故事里的派特叔叔带着他的小猫杰斯，

在淳朴的乡间来来往往。不但如此，他也在我的记忆和意识里来来往往。我闭上眼睛，感觉自己回到了小时候。

故事读完了。

妈妈唱起了《邮递员派特叔叔》的主题曲。我跟着她哼唱，很快，乔治也加入了进来，就像他下午跟着路易丝唱歌时那样哼哼。

然后，她停下歌声，合上故事书。

“好了，我的两只小瞌睡虫，你们现在该睡觉了。”她说道，就像小时候她对我说的那样。

“睡——觉——了。”乔治说道。

“没错，乔治。”我说道，“然后明天我们要去科根林地。”

“科——科根林地。”

我拿起多功能遥控器。

“以后，”我说道，“也许你会像我们一样学会睡觉吧。”

没有回答。

妈妈蹲下来，在他的额头上亲了一下。

“睡个好觉，乔治，”她说道，“晚安。”

我拿遥控器对准乔治，按下按键。他的眼睛闭了起来。

我们看着他，他躺在充气床垫上一动不动。接着，我用那枚五便士的硬币撬开了他的耳朵，把充电器连上，然后拨开电源的开关。妈妈惊得下巴都快掉下来了，眼睛瞪得老大。此时，微弱的嗡鸣声响了起来。

“太奇怪了。”妈妈低声说道。

她从窗帘缝中瞥了一眼外面和往常一样普通的夜晚，然后我们到楼下一起吃了点儿三明治。

吃完之后，我洗了个澡，然后爬上床。我打开床头台灯，继续阅读《坟场之书》。我时不时低头看看他，他的头发在灯光下闪闪发亮，而与此同时，数据线正在源源不断地把电注入他的体内。我能听见他发出的嗡鸣声。

睡着之后，我梦见自己回到了小时候。梦里的我正在客厅的地板上玩塑料小车。我推着小车在地毯上行驶，就像派特叔叔的邮车开在乡间的小路上。梦里还有乔治。他也是个小孩子。他也推着自己手里的车。他和我一起在地毯上笨拙地走来走去，我意识到他是我的兄弟——我们是双胞胎。

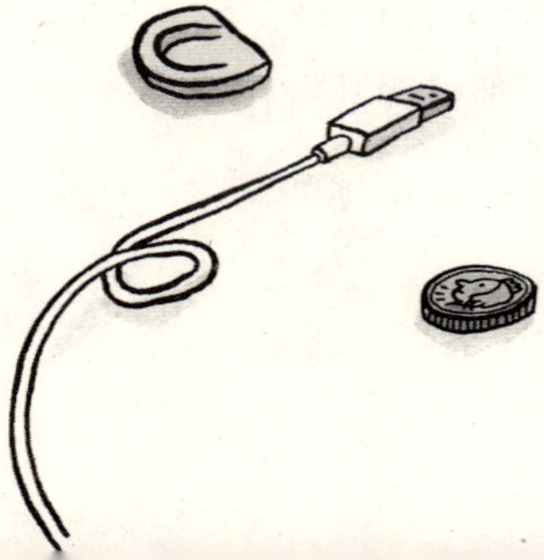

42 出发去科根林地

第二天早上，乔治依然躺在原地，和昨天晚上一模一样。我早早地醒过来，盯着他看了好久，然后才拔掉了连在他头上的充电器，接着把他的耳朵安了回去。我穿好衣服，拿起多功能遥控器。

对准，按键。

没反应。

再次对准，按键。

没反应。

再来一次。

没反应。

我想，可能一切就这样结束了。可能他损耗得太严重了，就像马什说的那样，他跟洗衣机或者小汽车一样都有报废的时候。

我又试了试，再试了试。

正当我以为毫无希望的时候，他终于睁开了眼睛。

“早上好，同学们。”他用虚弱而缥缈的声音说道。

我掀起他的毯子。

“早上好啊，乔治。”我说道。

他把目光转向了我。“丹——尼尔。”他说道。

“没错，我是丹尼尔。”我对他露出微笑。

“我昨天梦见你了，乔治。”我告诉他，“你也做梦了吗？”

“梦了吗。”他说道。

他会做梦吗？他被关掉的时候，脑袋里面会发生什么呢？而当他被打开的时候，脑袋里又会发生什么呢？

我凝视着他的眼睛。我不禁怀疑，除了电线、连接器、开关和电子芯片，这双眼睛后面还有什么别的东西吗？

我必须问问他，尽管我知道他无法回答这个问题。

“你会思考吗，乔治？”我问道。

“考吗乔治。”

“你现在正在思考吗？”

“在思考吗。”

“你其实不知道我在跟你说什么，对吧？”

“什么对吧。”

我告诉他我要被尿憋死了。我去了一趟厕所，快速完成洗漱，然后回到卧室。我告诉他我刚才去了哪里，告诉他厕所是什么，以及大家是怎么使用厕所的。我告诉他，尿尿是我把体内的水排出去的方式，而我体内的水来自我吃的和喝的东西。我用手指在嘴巴和肚子之间画了一条线。我告诉他，如果没有水，我就活不下去。如果我不喝水，我就会死掉。我想了一下，对于不了解这些的机器人来说，这种东西听起来得有多奇怪。

而乔治只是看着我。

我突然好奇，如果你想成为一个会思考的东西，那么首先得成为一个会尿尿的东西吗？如果你想成为一个能活着的东西，那么首先得成为一个会死的东西吗？

“你会尿尿吗，乔治？”我问道。但我一想到自己刚刚问了个什么问题，便忍不住放声大笑。他根本就没有东西可尿啊。我有无数的问题想要问他，但我知道他也没有答案。

“乔治，”我说道，“成为你这样的人是什么感觉，乔治？”

“感觉乔治。”

这时，妈妈的声音从楼下传来。

“起床啦，你们两个小懒虫！”她喊道，“林地在呼唤你们啦。”

乔治慢慢地把头从枕头上抬起来，然后转向门口。

“丹——尼尔！乔——治！”妈妈仍在呼唤我们的名字。

乔治发出了一点儿微弱的声音，就像是一支曲子的片段。“妈——妈。”他说道。

“起来啦，小伙子们！”

“妈——妈。妈妈。”

“是的，乔治！”我告诉他，“她是我的妈妈，是我们的妈妈。”

我帮他站了起来，然后领着他来到卧室门口。

我告诉他，这是门，这是楼梯。我向他展示该如何一步一步地走下楼梯。

妈妈快速地拥抱了我们俩。

“早上好，小懒虫们。”她说道。

我们在桌边坐下。

桌上有吐司，有水果，还有茶。

我开始吃喝起来。

乔治面前放着一块吐司、一小片苹果和一小杯水。

“这些是为你准备的，乔治。”妈妈说道。

“他们说他只能吃……”我立马说道。

“我知道，”妈妈打断了我，“但这点儿东西算不了什么。他能吃的东西可能比他们预想的要多。”

她拿起杯子放到乔治嘴边。

“把嘴张大。”她说道。

妈妈碰了碰乔治的嘴唇，让他把嘴张开。她温柔地推着他的头，让他向后仰，然后将杯子里的水倒进他的嘴里。

“都喝下去了，”她低声说道，“看到没？”

妈妈帮他把嘴合上，然后把空杯子展示给他看。她微笑着拿起吐司，让它在空中飞来飞去，同时模仿起飞机引擎的噪声，好像这块吐司真的会飞一样，而且最终将飞进他的嘴巴里。

“把嘴张开。”她再次说道。

乔治张开了自己的嘴巴。

她让吐司飞进乔治张开的嘴巴。乔治合上嘴，妈妈笑了起来。

“好孩子。”她说道。

“好孩子。”他说道。

她用同样的方式把苹果片也喂了进去。他吃掉了，而且什么意外都没有发生。

“好不好吃？”我问道。

“好吃。”他答道。

“或许，”妈妈说道，“他身上还有其他属于人类的部分，就像头发一样。”

“嗯，他有可能只是半个机器人。”

“或许乔治比他们设想的更加令人惊叹。”

“或许他会变成某种他们做梦都想象不到的样子。”

妈妈把手搭在他的肩膀上，注视着他的眼睛。“乔治，”她说道，“你就是奇迹。”

他眨眨眼睛，把视线转向我，然后又转回妈妈身上。

“奇——迹，”他说道，“奇——迹，奇……”

就在这时，另外几个人过来了，他们自己推开门走了进来，乔治准确地叫出了每一个人的名字：比利，路易丝，马克西。

他们瞪大眼睛看着乔治的衣服。

“这不是我们的乔治！”比利说道。

“哦是的，他当然是！”我说道，然后我们都笑了起来。

马克西和比利背着他们的小登山包，路易丝和平时一样提着她的小提琴琴盒，我拿起自己的袋子，把遥控器和三明治放了进去。妈妈收拾好了那些装着瓶瓶罐罐、刷子剪子和乳霜喷雾的盒子。

外面阳光明媚。我们检查了一下街上的状况，确保没有可疑的人。时间还早，所以路上还没有什么人。妈妈抱着她的盒子走到面包车前，打开了车门。我领着乔治走到前门。我很害怕。万一被人看到了怎么办？万一马什正在监视我们怎么办？从门口到面包车的这段小路好像有一英里那么长。

“你准备好了吗？”我问乔治。

“好了——吗。”

我拉住他的手肘，带着他从门里走了出来。马克西走在我们前面。我听到有人在叫我的名字。定睛一看，是学前班的一个小姑娘和她的妈妈，她们正手拉手往这边走。我朝她挥了挥手。她歪向一侧，看着我们一个个地钻进车里。她把手搭在眼前，遮挡强烈的阳光。她朝马克西、比利和路易丝打招呼，他们也都挥手回应了她。这时，她松开妈妈的手跑了起来。等她跑到我们面前，我们已经全都在车里坐好了。我和马克西坐在后排，乔治坐在我们中间，比利和路易丝则跟妈妈一起坐在前排。她惊奇地瞪大了眼睛。

“你好，乔治！”她尖声说道。

乔治转头看向她。我把身子往窗前探，试图挡住乔治不让她看见。妈妈发动了引擎。

“那是乔治！”小姑娘说道，“没错吧？你好，乔治！还记得我吗？”

我摇下车窗，笑着摇了摇头。

“这不是乔治，”我对她说，“他叫亚历山大。”

我又笑了起来。

“他可能的确长得有点儿像乔治，”我说道，“但乔治已经离开了。他们上周五就已经把他带走了。”

她后退两步，嘴角塌了下来。“真的吗？”她问道。

“是的，他已经离开了。”

“离开？”

“是的，离开。”

小姑娘的妈妈这时走了过来，再次拉起她的手。

妈妈笑了。

“果然还是孩子啊，是吧？”她大声地对小姑娘的妈妈感慨道。等车子终于开出去，我们才松了一口气。

第7章
漫长而愉快的一天

43

林间嬉戏

车子驶过街道，穿过灰白色的房子和小花园，路过在学校放假后的第一个星期一出门玩耍的孩子，经过樱桃树、我们图书馆的小分馆、妈妈的“全新的你”美容沙龙、威尔夫的小卖店和绿人酒吧。马克西递过来一包鸡尾酒虾味的薯片。我拿了一枚，然后举到乔治面前。他张开嘴巴，吃了下去。我们看着他吃掉，无事发生。

我们小的时候，觉得林地十分遥远，似乎已经到了另外一个世界，而现在却觉得它很近。车子开出住宅区后，能看到几间已经废弃的古老的农用建筑。妈妈把车子开上一条又短又窄的路，经过一座横跨小溪的桥，就能看到一扇小铁门。穿过这扇门，就能踏上一条被绿荫遮蔽的小路，它一直通往远处的树林。

妈妈把车停在铁门前面。我们一个接一个地从车里爬了出来。

“你们要互相照顾，”妈妈说道，“祝你们玩儿得开心。”

“我们会的。”我说道。

“拜拜，乔治。”我们帮他下车的时候，妈妈对他说道。

“拜拜，妈妈。”他说道。

妈妈也从车里下来了，似乎很舍不得跟乔治分开。她把他的毛衣拉平整，然后搂住了他。

“拜拜，可爱的小伙子。”她说道。

“小伙子。”乔治说道。

妈妈开车离开之后，我们便穿过铁门，往树林里走。

乔治走在我前面。他摆腿的节奏始终保持一致。每一步都和前一步一模一样。他走过泥地和小水坑，搞得衣服上污渍斑斑。他把运动鞋也弄脏了，牛仔裤上到处都是泥点子。

“就是这样，乔治。你做得真棒。就这样继续往前走，哥们儿。”

“走哥们儿。”他回应道。

我们头顶着浓密的树荫，一直走啊走，走啊走，时而沿着干燥的绿色小路，时而沿着潮湿的阴暗小路，途中还经过了一片又一片阳光斑驳的林间空地。我们路过一堆从高处坍塌下来的石头，古时候这里是坚固的城堡。我们还路过一个黑色的十字架，这里是巨人的坟墓，总有一天，这位巨人将在此复活。一路上，我们经过狼群曾经嗥叫的地方，精灵曾经舞蹈的地方，还有小妖怪等待过路人说错口令的地方。我们避开了能从人间进入地狱的洞口，残忍谋杀的案发现场，还有在特殊的光线下能看到鬼魂的地方。我们漫步在林间，从很小的时候开始，我们就在这里玩耍，在这里做梦，也在这里自己吓唬自己。

越往林地深处走，我们前进的速度就越快。我感到自己的心跳加速，呼吸加重。乔治也有反应，行进的速度越来越快。他脚下磕绊了好几次，每次我都伸出手，帮他重新站稳。

终于，我们到了女巫树所在的林间空地。这棵光秃秃的树长在林间空地的正中央，树干扭曲着，交错着，向天空伸展。这棵树原本是一个女巫，一百年前，她被闪电劈成了这个模样，然后一直保持到了今天。

“走开吧，女巫！”比利说道。我们小的时候，就常常对着女巫树说这句话。

“没错！”我们齐声说道，“女巫女巫走开吧！我们才不怕你呢！”

有那么一会儿，我们甚至忘记了乔治的存在。我们就像小时候那样，围着女巫树跑了起来。我们用手指弹它，用脚

踢它，用拳头捶它。

“女巫女巫走开吧！我们才不怕你呢！”

我们一边笑一边叫，等我们发现乔治在模仿我们的时候，就笑得更开心、叫得更起劲了。他跌跌撞撞地绕着女巫树转圈，捶它，踢它，摔倒了，再爬起来。看他能做到这些，我们都非常高兴，还为他鼓起劲来。过了一会儿，路易丝取出她的小提琴，拉了一段惊悚怪异的曲子，音调忽高忽低。伴随着音乐，我们更加兴奋地手舞足蹈、大喊大叫起来。乔治努力想要加入进来，于是他就像在学校时那样，踉踉跄跄地跳了一段笨拙的舞蹈。

马克西忽然爬到树上去，爬得比我们的头顶还高。

“我打败了女巫！”他喊道。而后他又尖叫起来，“啊，不！她抓住我了！”说着，他从高处跳到地面上，躺了下来，假装自己被女巫杀死了。然而他突然又站了起来，走到乔治面前对他说：“她抓不住我的，乔治！”说完，马克西又爬了上去，看着其他人在树下一边跳舞，一边号叫。

他就这样爬了三次，又假装自己死了三次。最后一次跳下来的时候，他躺在地上不动了，我们全都围了过去。

“在劫难逃啊，乔治，”马克西呼喊道，“女巫在我第三次爬上去的时候抓住我了。我亲爱的朋友……我死了。”说完，他闭上了眼睛，一动不动地躺在地上，就连胸口都没什么起伏。

“可怜的马克西，”我们低声说道，“我们亲爱的、可怜的老朋友。”

这时，路易丝琴弓下的音符变得缓慢而悲伤。我们擦拭着脸颊，装出一副哭泣的样子。乔治伸出手，摸了摸马克西的脸。

“马克西，”他轻声说道，“马克——西。”

没有回应。过了好久，还是没有回应。

乔治不停地呼唤着马克西的名字。

鸟儿站在我们头顶的树上唱着歌。

乔治抬起头看向它们，过了一会儿，他就像这些鸟儿一样唱了起来。

这时，马克西突然坐了起来。

“我复活了！”他说道。

他站起来，舒展了一下身体，然后双腿僵硬地围绕女巫树走来走去，两手也僵硬地晃来晃去。乔治随他站了起来，跟他一起围着女巫树转圈。后来，我们所有人都像以往每次来到这里时一样，围绕这棵树转起圈来。

接下来，轮到比利爬上树然后再摔下来假装死掉，之后是路易丝，最后是我。我们最终都活了过来，而且大声地宣告自己复活。我们对乔治说，他可能还没有做好爬树的准备，但应该很快就可以了。我们再次围绕着女巫树狂奔和尖叫，然后扑倒在地。我们背靠在形状怪异可怕的树干上，嘴里说着我们累死了，我们一点儿力气都没有了。

看到乔治原本完美的脸上沾满了污垢，我们都放声大笑起来。他看着我们笑，然后突然倒在地上，就像死了一样躺在那里。

我们屏住呼吸，围拢到他身边。

“不要！”路易丝呼喊道。

然而片刻之后，他睁开双眼。

“复，”乔治用他轻柔甜美的声音说道，“活了。”

我们全都笑得上气不接下气。而且，乔治的脸刚才是不是动了一下，就像马上要露出微笑一样？

很像了，很像了。

“薯片！”马克西说道。

我们一人抓了一把薯片，乔治也拿了一枚。我们就这样在科根林地里坐了好久，仿佛我们一起回到了小时候。

44
一个又一个笑话

“你们猜，米的妈妈叫什么？”比利说道，就像乔治第一次来上课时那样。

我们全都呻吟起来。

“是花！”比利公布答案，“因为‘花生米’，想到了吗？”

我们又是一阵哼哼，但同时也笑了出来。

乔治只是盯着比利看。他怎么可能明白呢？我们该怎么向他解释笑话这种东西呢？我们甚至连试一试的办法都找不到。

“你们再猜，米的外婆叫什么？”比利又问道。

“是笔！”我们对比利无聊的程度嗤之以鼻——因为“妙笔生花”。

“那我说一个他能理解的。”马克西说道，“猴子会爬树，为什么会从树上掉下来呢？”

乔治茫然地看着他。

“因为是只死猴子。”马克西说道。

我们一边嘻嘻哈哈，一边哼哼唧唧。

“狐狸狐狸，”路易丝说道，“你为什么总是摔跤啊？”

“因为我脚滑（狡猾）。”我说道。

我们都咯咯地笑了起来。乔治看着我们，似乎真的很想知道我们在笑什么。但他怎么能明白呢？他甚至不知道“狐狸”是什么东西，不知道“狡猾”是什么意思。

我撞了撞他的肩膀。

“别担心，乔治。”我说道。他扭头看着我。“你说，一只公鹿越跑越快，越跑越快，会变成什么？”

“高速公鹿（路）！”其他人喊道。

“乔治，”路易丝说道，于是他

朝她看过去，“什么动物能贴在墙上？”他只是一直盯着她看。“海豹（报）！”她说道。

他并不理解。他也无法理解。但他的脸动了一下，嘴唇向上弯了一点儿。我们全都在笑。他晃了晃自己的肩膀，也发出了一点儿微弱的笑声。

“没错！”比利说道，“没错！就是这样！”

“麒麟到了北极会变成什么？”我问道。

“冰麒麟（淇淋）！”我们一起喊出了答案。

“超人为什么要穿紧身衣？”马克西问道。

“因为救人要紧。”

我们笑得停不下来。

“笑出来，乔治！”我们喊道。

他摇晃着，尖叫着，我们因为他能做到这些而更加爱他。

“什么布不能拿来做衣服？”

“瀑布！”

“打不开瓶盖时，应该找谁来开瓶？”

“孔雀。因为孔雀会开瓶（屏）！”

我们仍在继续，讲了一个又一个笑话，嘻嘻哈哈，放声大笑。乔治也学会了摇晃和尖叫。我们一直笑到实在笑不动了，笑到肚皮都痛了才停下来。我们慢慢平静了下来。

我搂住乔治。“或许有一天，”我说道，“你也会讲笑话给我们听。你觉得呢，乔治？”

没有回答。

我们全都靠在女巫树上，我对乔治说：“你觉得开心吗，乔治？”

“心吗乔治。”他答道。

听到他的回答，我们全都笑了起来，而在接下来的很长一段时间里，我们都不需要再说什么了。

45 树、土地、天空

一只小鸟从我们头顶上掠过，发出柔和的鸣叫。

乔治转过头，看着它飞走。

“那是一只鸟，乔治。”我说道。

“是燕子，”比利说道，“这种鸟叫燕——子。”

“燕——子。”乔治重复道。

接着，我抬起乔治的手，把它按在树干上。

“这是树。”我说道。

“树。”

“梣树。”比利说道。

“梣——树。”

比利蹲下来，摸了摸地面。之后，他拉着乔治蹲下来，也让他摸了摸地面。他把乔治的手指埋进土里。

“土地。”他说道。

“土——地。”乔治说道。然后，他看了看手指上的土。

马克西的视线越过女巫树，手指着遥远的一片蔚蓝。

“天空。”他说道。

“天——空。”乔治说道。

“没错，”路易丝说道，“树，土地，天空。”

“树，土地，天空。”乔治说道。他看着这些东西，似乎正在思考。

我凝视着周围的一切。土壤、青草、鹅卵石、树叶、爬虫、飞虫、水仙花、云朵、小提琴、鞋子、手指、树根、灰尘、报春花、薯片、登山包、三明治。无数普普通通的东西围绕在我们身边，我们把这一切的存在都视作理所当然。但是这些普通的东西对于乔治来说，都需要去寻找能够理解它们的办法。呼吸、光线、阴影、所有声音、所有隐藏起来的东西和所有能被人看见的东西、所有遥不可及的东西和所有近在眼前的东西。此外，还有所有活着的东西和所有死去的东西。折断的枝条，枯死的树木。鸟兽的尸骨埋葬在尘土中，落叶和落花回归泥土的怀抱。只有旧的东西消亡，新的东西才能迎来生机。

他是怎么知道那么多事情的，比如在课堂上给出所有问题的答案？我们又是怎么知道这么多事情的？难道说，非得有人把所有东西都告诉我们，都向我们展示出来，我们才能

理解它们吗？而且，为什么世界上有这么多东西？世界为什么会出现在这里？每一样东西又是如何进入这个世界的？

这时，比利指着我们每一个人：马克西，路易丝，比利，我。

“人。”他说道。

他伸出手牵住乔治，把他拉过来，离我们更近一点儿。

“人。”他又说了一遍。

“人。”

“朋友。”比利说道。

“朋——友。”

“家——人。”我低声说道。

“家——人。家——人。”

我们似乎再也控制不住自己，一起跑了起来。这一次，我们从女巫树空地出发，向睡莲池塘奔去。

46
在睡莲池塘边

我们穿过树影和光斑，奔向了睡莲池塘。每到夏天，池塘里就会长出白色和粉色的睡莲，还有铺在水面上的莲叶。不过眼下还是春天，我们只能看到莲叶从水底浮出水面，还卷在一起没有展开。我们坐在池塘边柔软的草地上，水中昏暗无光。小时候，我们都以为池底能直接通向地球的中心，还有怪兽潜伏在下面。我们都坚信自己曾经见过这些怪兽，还指给别人看。我们互相比试胆量，谁也不愿意成为第一个尖叫着逃跑的胆小鬼。

“草，”我们告诉乔治，“水。”

我们又给他指忽然掠过水面的蜻蜓、一闪而过的小蝌蚪和池塘深处反着光的大鱼。他的眼神追随着我们手指的方向。

“蜻蜓，乔治，”比利说道，“鲈鱼，鲤鱼，米诺鱼，蝌蚪。”

“蝌——蚪。”他低声说道。

我们指向天空，带他见识更多的鸟。我们又看到水边有一只快速奔跑的小老鼠，于是也指给他看。还有草丛里的昆虫和水面上的甲虫。

我们笑了起来，因为似乎等他看过去的时候，这些小动物都已经跑开，消失不见了。

我们告诉他，在周围的灌木和树木里有很多鸟窝，里面藏着鸟蛋和新出生的小鸟。我们还告诉他现在是春天，然而一想到他根本无法理解季节是什么，便又笑了起来。

我们听见了远处的狗叫声，车辆的轰隆声，灌木丛中小动物的跑动声，枝条的断裂声，还有鸟儿的歌声。我们的视线越过树林，看到了住宅区的房顶。一切都是那么远，又是那么近；一切都是那么小，又是那么大。

我们努力看到一切，听见一切，说出每一种东西的名字，忙得上气不接下气。最后，我们躺在草地上，笑着承认我们根本做不到。乔治躺在我们身边，发出一种听起来有点儿类似于笑的声音。

然后我们打开登山包，拿出午餐。

“食物。”比利说着，让乔治看了看他手里的奶酪。比利咬了一口奶酪，又咬了一块面包，然后痛快地喝了几口果汁。

乔治看着他。“食——物。”他说道。

“没错。”路易丝说道。

她拿起一根香蕉举在他面前。“香蕉。”

“香——蕉。”

她掰下来一小段。“你要吃点儿香蕉吗，乔治？”她问道。

“我们不该乱给他吃东西。”我说道。

“要。”乔治说道。

“要吗？”路易丝问道。

“要。”说着，他接过那一小段香蕉，放进自己嘴里。

“还要吗？”路易丝问道。她又递给他一段。

他接过来，也吃掉了。

“香——蕉。”他说道。

“好不好吃？”路易丝问道。

“好——吃。”

“尝尝这个。”我对乔治说道。

我递给他一块饼干。他把饼干放进自己嘴里。

“香——蕉。”他说道。

于是，路易丝又给了他一段香蕉。他把香蕉放进嘴里。

我们全都看着他。无事发生。

太阳越来越暖和。

“我们应该永远留在这里。”我说道。

“没错，”马克西说道，“自由自在、无忧无虑，直到永远。”

“我们可以吃浆果、树叶和植物根茎。”路易丝说道。

“还可以吃兔子和鱼。”比利说道。

“那谁去捕猎呢？”马克西问道。

“我！”比利说着，掏出了一把小折刀，“要想在这种野外活下去，总会有什么东西得死在我手里。”他耸了耸肩。

“不管你想在哪里活下去，”马克西说道，“都一定会有东西死在你手里的，即使它只是一根香蕉。”

我们一边吃，一边思考着这个问题。

我咬了一口饼干。生产饼干需要什么东西付出生命吗？

“对不起，香蕉。”路易丝说道。

“对不起，饼干。”我说道。

我们都扑哧一声笑了出来，但不知怎的，又觉得的确该说声抱歉。

“谢谢你，香蕉。”

“谢谢你，饼干。”

我们躺了下去，阳光照耀在我们身上。乔治躺在我和马克西中间，跟我们一样把双手垫在脑袋下面，他还学会了心满意足地舒一口气。他把手伸向天空，目光追随双臂，看着它们在自己眼前摆动。我抬起胳膊碰了碰他的手。他停顿了一下，但没有把手移开。我看了看我们贴在一起的手，然后把自己的整条胳膊都靠在了他的胳膊上。我感受到了一点儿阻力，紧接着，他用力推了我一下。我放声大笑，然后翻过身抓住了他，就像我和马克西打打闹闹的时候一样。

马克西在一旁观战。

“加油，乔治，”他说道，“打回去。”

比利笑了起来。

“没错，冲上去，乔治。打倒他，哥们儿！”

我笑了。乔治怎么会知道“打倒他”是什么意思呢？不过我倒是抓住了他，拉住手肘，用力扯了一把。他比马克西僵硬得多，他的四肢弯曲的方式和我们不一样。因此，我非常小心，我可不希望把他弄坏了。但他看上去又是那么结实，那么强壮。

“乔治，回击！”马克西说道。

我更加用力地拉扯他。这时，他突然双手搂了上来，就像想要跟我摔跤一样。我咕哝着，呻吟着，他也咕哝着，呻吟着。我推他，他也推我；我拉他，他也拉我。我撒手放开他，我们就同时向后仰了过去，躺倒在草地上。我叹气，他也叹气。

“好样的，乔治。”比利说道。

“好样的。”路易丝说道。

路易丝先起了个头，接着我们都哼唱起那首“世间的万物明亮而美好”，就连乔治也发出了他那种奇怪的哼哼声。我想要高兴地大喊大叫，但我没有。林中歌唱的鸟儿似乎替我，也替我们所有人，表达了这份欢乐的情绪。

就在这时，乔治突然站了起来，就站在池塘边上。他踩上水边的草丛，脚底下发出噗嗤噗嗤的声响，然后他蹲了下去，低头盯着鱼和蝌蚪游过的地方。

我们看着他。

“他没事的，”比利说道，“他不会掉下去的。”

但是我们已经做好了随时冲上去抓住他的准备。

“蝌蚪，”乔治说道，“鱼，水。”

“说对了，乔治。”马克西说道。

“看到它们了吗？”比利问道。

乔治发出鸟儿鸣叫一般的声音，音调很高，音色甜美。他转过头看着我。我慢慢挪了过去，走到了他身边，跟他头

挨着头。我往下看，他也低头盯着水里看，我们俯下身子，离水面越来越近。我们看到了蝌蚪，这些代表着新生命的小黑点在水中闪闪发光。

他把手指浸入水中，然后是整只手。他捧起一小捧水，有几只蝌蚪在里面游来游去。过了一会儿，他把手掌向一侧倾斜，让蝌蚪落回了水里。等到水面平静下来，他再一次低头往水里看，然后看了看我，又把目光转向水面。

“丹——尼尔。”他说道。

我知道他在看什么了。

我们的脸倒映在水面上，仿佛在仰头看着地面上的我们。

“没错，”我轻声说道，“那是我，乔治。”

我深吸一口气。

“旁边那个是你，乔治。”

他再次把手指浸入水中。倒影支离破碎，随后再次成形。他又把手指放进去。倒影依然在破碎后再次变得完整。他整个人趴了下去，直到鼻尖碰到水面。当他再次撑起身子时，恰好有一对燕子朝他俯冲过来。他转过头看着它们，他把手伸向它们，把头仰到后面追随着它们。两只燕子一次又一次地向下猛冲。乔治朝它们呼喊，发出像鸟一样的尖叫声和咕哝声。

他没有看向我们，只是自顾自地发出那种奇怪的歌声。虽然说不清为什么，但我们突然就觉得他的歌声很可怕。

“或许我们应该把他关一会儿了。”马克西低声说道。

“没错，”比利说道，“他可能一下子接受不了这么多东西。”

“我们可能给他的负担太重了。”路易丝说道。

“或许我们压根儿就不该带他到这儿来。”我说道。“乔治？”我叫他，“乔治？”

他站了起来，张开双臂。他抬头望向宽广的蓝天，望向飞鸟，望向云朵，望向太阳。他摇摆，踏步，旋转。他举起双臂，仿佛那是一对翅膀。他的歌声突然变得清晰而纯净。美妙悦耳的声音从他的体内流淌出来，像极了鸟儿的歌唱。他还跳起了舞，好像一只飞翔、俯冲的鸟。他的动作流畅、优雅而狂野。他的舞蹈和歌声仿佛来自内心的最深处，又好像是天空、大地、流水和鸟兽把舞蹈和歌声注入了他体内。

我们坐在地上，看着这个由金属、塑料、电线、开关、电子芯片和各种科技魔法组成的男孩，我们看着这个奇妙的男孩突然变得自由和狂野，浑身充满了疯狂的快乐。

我们站起身来和他一起发疯。

我们在科根林地里陪乔治一起唱歌，一起跳舞。

直到他停止动作，再次摔倒在地上。而我们也跟他一样将自己摔倒在地上。

时间正在流逝，但又似乎在这里凝固。

我们不知道我们在睡莲池塘旁灿烂的阳光下一起躺了多久。

过了一会儿，我碰了碰乔治的肩膀。他直视着我的眼睛。

“我……”他说道。

“怎么了，乔治？”

“我是……”

“我是什么，乔治？”

47
“我是乔治”

乔治回答不了这个问题，他突然走开了，仿佛有什么东西在背后推着他一样。

他一步步远离睡莲池塘，远离我们。

他头也不回地朝着那条能够回到住宅区、通向樱桃树的狭窄小路走去。我们赶紧爬了起来，收拾好东西跟了上去。太奇怪了，在像今天这样的日子里，附近通常有很多孩子在外面玩儿，但今天连个人影儿也看不到。我们能听到从住宅区和林地其他地方传来的孩子们的声音，但附近却空无一人。

乔治继续往前走。这条路上草木丛生。两侧的灌木向中间挤压；下层的灌木丛又深又密。春天一到，长得飞快。他艰难地往前走，挣扎着往前走，在杂草中迂回出一条道路。我追上了他。其他人让我赶紧把他拉住，因为如果我们就这样走回住宅区，乔治就会被人看到，接着就会被他们带走。然而，我似乎有些怕他，或者是对他产生了某些类似于害怕的情绪。我觉得如果我试图拦住他，情况会变得更糟。而现在这种感觉就好像是我在引领着他，尽管我走在他身后。

我们穿过狭窄的小路，来到了林地的边缘，视线中的树木越来越少，篱笆和后花园越来越多。很快，我们就看到了砖房和涂满小卵石灰浆的房子，然后是被人踩塌的草坪、草坪中间的樱桃树和树下的长椅，以及在午后的阳光下绽放的粉色花朵。也能看到几个孩子，但他们正一边踢球，一边离开这里，谁也没有回头。有车子经过我们，但都飞快地开走了。

乔治不再沿着道路前进，而是踏上了草坪，我停下脚步望着他。他走向樱桃树，在树旁站定，然后靠在了上面。我能看到他因为在池塘边玩耍而把身上弄得有多湿，也能看到他因为在科根林地玩耍而在身上沾了多少土，他就像一个在林地里疯玩了一天后回来的孩子。他转头看向我，好像在等我一样，于是我继续往前走，追上了他，他把脑袋歪到一边，仿佛这是他第一次认真地看着我。

“我……”他说道。

我没有出声。

“我是乔治，”他说道，“我是乔治。”

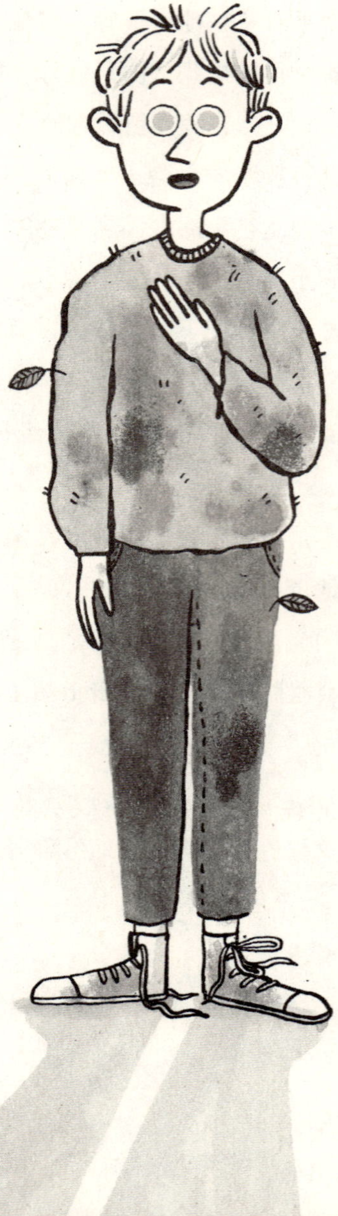

48
有惊无险

其他人也跟了上来，我们一起坐在住宅区的中心——这棵樱桃树下。我们尝试着围坐在乔治身边好把他藏起来，但是看上去太奇怪了，于是我们决定假装什么都没有发生。刚才路过的几个孩子就没有发觉任何奇怪的地方，所以这个办法看起来还可以。路易丝想到我们得去告诉妈妈不要去林地接我们，于是跑去了她的店里。她回来的时候说，妈妈其实有点儿担心我们，但是她正在给顾客做热蜡脱毛，所以也做不了什么。

光线已经逐渐变暗。我觉得我们应该带乔治回家了，于是就把这个想法告诉了他。

我们从樱桃树下出发，走在灰白色的人行道上，一边是漆黑的马路，一边是灰白色的房子。乔治走在我旁边，就像我任何一个普通的哥们儿一样。

“我的天。”马克西说道。

“怎么了？”

“快看。”他说道，然后马上改口道，“别看。”

我们没有看过去，但我们知道，那辆黑色的面包车又出现了，正沿着与我们脚下这条路相交的道路行驶。

“继续走。”马克西低声说道。

我的心跳在加速。但我们依然往前走。乔治跟我们走在一起。面包车越来越近，然后在两条路交叉的路口停了下来。马什和克丽丝特尔小姐坐在前排。

“继续走。”比利压低声音说道。

马什招了招手，于是我也对他招了招手。

我们就快不能呼吸了。我们多想跑开，但是只能继续往前走。脏兮兮的乔治就走在我旁边。

我再次挥了挥手。马什快速按了几下喇叭，然后转了个弯开走了。

终于，我们走到了我家的大门口，走过了花园，走到了后门，走进了厨房。

我们挥舞着拳头，兴奋得要跳起舞来。

“他们没发现！”马克西说道。

“他们没看到。”路易丝说道。

“乔治，”比利·多兹说道，“你已经跟我们一样了。”

这时，科什卡穿过猫洞钻了进来。乔治弯下身子，欢迎它回家。

49
晚安，乔治

比利泡了茶。我们全都坐在厨房的餐桌旁边。我们吃着面包、饼干和奶酪。乔治吃了一小片饼干，喝了一小口水。我们聊起白天玩儿过的游戏和讲过的笑话。我们商量着改天再去一趟科根林地。

“你今天玩儿得开心吗？”路易丝问道。

乔治扭头看向她。

“路——易丝。”他说道。

“是我。”

经过漫长的一天，乔治和我们一样又累又邋遢。科什卡跳到他的腿上，乔治便把手搭上它柔软的身体，透过身体微微的颤动，感受到它发出咕噜咕噜的声音，感受到它心脏的跳动，感受到它一下又一下轻柔的呼吸。

“科什卡。”乔治喃喃地说道。

我们接着吃东西。窗外的天色越来越暗，家家户户的灯渐渐亮了起来。汽车在道路上缓缓驶过。鸟儿唱着今天最后一支简短的歌。我打开屋里的灯，看到橱柜上面有几颗复活节彩蛋。然而节日还没有到，现在还不能吃。一想到它们有多美味，就馋得我直舔嘴唇。最后，我只吃了一块巧克力饼干，可它的味道只能让人叹气。

“医生，医生，”比利说道，“我觉得自己是一座桥。”

“怎么回事？[①]”马克西配合地问道。

“三辆卡车，两辆货车，还有一辆公共汽车。”比利

① 原文为 What's come over you? 字面意思是有什么经过你？引申意为怎么回事？

说道。

我们都哈哈大笑起来。

直到现在，我的皮肤似乎依然能够感受到林地里的空气和阳光。我的指甲缝里还有没洗干净的泥土。如果闭上眼睛，我就会看到女巫树、睡莲池塘、蝌蚪和通向樱桃树的小路。

妈妈今天大概会工作到很晚。

"一条鲨鱼吃了绿豆会变成什么？"路易丝问道。

"绿豆鲨（沙）！"

"一条鲨鱼去拍照片，结果昏了过去是为什么？"

"因为它拍的是昏鲨（婚纱）照！"

"麒——麟。"乔治说道。

我们都愣了一下。

"北——极。"他又说道。

"冰麒麟（淇淋）！"我们一起喊出答案。

路易丝大笑着挥舞着拳头。

"你都已经学会这么多东西了，乔治！"她说道。

我们继续吃着、喝着、聊着、叹息着、玩笑着。

过了一会儿，马克西看了看表。

"我等会儿就得走了。"他说道。

"要回去更衣，出席晚宴了吗？"我问道。

他呻吟着点了点头。

“人生啊。”他说道。

“‘人生’，”乔治说道，“是身体存续和发展的时间。”

我们笑了。“是这样的。”我们说道，“哦，乔治。”

“人生有起有落，”乔治继续说道，“人生有开始，会持续，最后停止。人生是开始与结束之间的时光。”

他抬起头，目光从科什卡身上转移到我们每个人身上。

“但生命本身是永无止境的，”他说道，“生命是宇宙的奇迹。生命是穿越时间的力量。”

他的话深深地打动了我们。

“你说得对，”我们说道，“说得太棒了，乔治！”

“我是乔治。”他说道。

“你是乔治。”我们回应道。

马克西要走了，他拿好自己的东西。

“今天过得很开心，哥们儿。”他对乔治说道。

“哥们儿。”乔治说道。

马克西走了之后，其他人也开始收拾东西，商量着什么时候离开。

乔治垂着脑袋，耷拉着肩膀，看上去累坏了。

我对他们说，我们应该带他上楼去，让他躺下来，然后再充一次电。于是，我、比利和路易丝带着他，一步一步走到二楼的卧室。

我拉出床底下的充气床垫，让他躺下。

我们就坐在床边，接着，我把电脑充电器插进墙上的电源插座。

我又拿起多功能遥控器，但我们实在不忍心把他关掉。

乔治哼起了《邮递员派特叔叔》的主题曲，我们也随着他哼唱起来。科什卡走进来，趴在乔治肚子上。我拿起泰德，放在乔治的枕头上，挨着他的脑袋。

“他可能会自己睡着。”路易丝说道。

“没错，”我说道，“有可能。”

他们得回家了。

“明天见，哥们儿。”比利说道。

“晚安，乔治。”路易丝说着，轻轻地拍了拍他的腿。

“明天见，哥们儿。”他的声音是那么的轻柔而舒缓，“晚安。”

所有人都走了。很快，妈妈回来了。

她笑着说今天自己有多少活儿要干，有多少人想要来她的美容沙龙。

“因为你很厉害，妈妈！”我说道。

“看看你玩儿的！”她说道。

她抚摸着乔治的脸颊，温柔地笑他。“看看你自己的样子吧，小伙子，”她说道，“和我家那个一样糟糕。”

乔治凝视着她。

我小心翼翼地卸下了乔治的耳朵。

又小心翼翼地把数据线插进去，打开了电源开关。

“今天还顺利吗？”妈妈问我。

“嗯，妈妈，”我告诉她，“非常顺利。”

“你看上去好困，孩子，”她对乔治说道，“该闭上你那双漂亮的眼睛歇一歇了。”

“邮递员派特，邮递员派特……”她唱道。

他轻轻地和妈妈一起哼着这首歌。妈妈温柔地俯下身亲吻他。

“开心吗，乔治？”她低声说道。

“开心乔治。”他也低声回答她，之后便闭上了眼睛。

接着我和妈妈回到楼下，我要告诉她今天发生的所有事情。

第8章
每个人都是乔治

50
意料之中的结局

第二天早上，乔治没有醒过来。

电已经充了整整一晚。我拿起遥控器按下去，没有反应。又按了一次，还是没有反应。不论我怎么试，一次又一次，他都没有反应。

“乔治。”我低声说道。

他躺在那里，一动不动，就跟昨晚一样。他的双眼依然紧闭。

我穿上衣服去找妈妈。她来到我的房间。

“哦，可怜的乔治。”她说道。

妈妈转身去了厕所，拿来一碗温水和一块海绵。她把乔治脸上和头发上的泥土清理干净，擦干净他的手，然后给他梳了梳头。

“可能是数据线的问题，丹尼尔。”她说道。

但我们都知道数据线没问题。

我又按了一次遥控器，还是没有反应。

“他昨天过得很开心，对吧？”她说道。

“是的，妈妈。”

“他还拥有了你们这群朋友。”

她得走了，沙龙还要开门营业。

“你会没事的，对吗？”她问道。

“是的，妈妈。”

我独自一人待了一会儿，身边只有乔治、科什卡和泰德。我拿起遥控器又试了几次，但我明白已经没有意义了。

孩子们在外面玩耍。鸟儿在歌唱。车子一辆接一辆地开过去。

比利来得最早，接着是马克西，最后是路易丝。我开门让他们进来，然后带他们上楼。

马克西马上跑回家拿了一根数据线来。我们试了试，没有反应。

我把数据线拔出来，然后把乔治的耳朵安了回去。

“他们说过，他总有报废的一天。”我说道。

比利来之前摘了一把春天的花，原本是打算送给我妈妈

的，但是现在，他将这捧花放在了乔治胸前。

我们流下眼泪，但我们其实都知道，事情终究会发展到这一步。

路易丝随身带着她的小提琴，为我们演奏了一段悲伤而优美的乐曲。

科什卡趴在乔治身边。

“还会有其他结局吗？”马克西问道。

谁都没有说话。有那么几秒钟，我的脑海里似乎出现了乔治像我们一样走在住宅区里、像我们一样去上学、像我们一样老去的画面。

但画面消失了。

“我觉得棒极了，真诚地感谢您。”比利说道。

“早上好，同学们。”我说道。

“363.875！”路易丝说道。

尽管如此，想到他之前的样子，我们还是咯咯地笑了起来。

马克西还带了薯片，他把薯片分给我们。

“你们猜我怎么想？”比利说道。

“怎么想？”

“我觉得，虽然他现在可能已经离开我们了，但是他曾经享受过一天真正的人生。”

“没错。”我们说道。

“比起被拆成好几块塞进箱子里要好多了。”马克西说道。

“比起被放到博物馆展览要好多了，”路易丝说道，“也比被拆成零件好。”

“比起跟克丽丝特尔和马什待在一起要好多了。”

我们握紧拳头，大笑起来。

“他活过！”比利说道，“我们救了他，他曾经活过！”

我们全都站了起来，如同在科根林地时那样跳了一会儿奇怪的舞蹈。之后，我们都冷静了下来，而且非常清楚我们接下来该做什么。

51
全新的孩子

我们把乔治抬到我的床上，安静地回忆着我们与他一起度过的时光。

虽然没有商量过，但我们每个人都弯下腰，在他耳边轻轻地说了几句话，而且都是之前未曾对他说过的话。

接着，我们相视一笑，都知道是时候开始了。我们的动作非常温柔，也非常小心。我们把他身上的衣服脱下来，拆掉了他的脑袋和四肢，接着断开了所有的电线和开关。

他整齐地躺在我的床上。

跟之前一样：

比利拿躯干。

路易丝拿胳膊。

马克西拿腿。

我拿脑袋。

很快，乔治就分散在了住宅区内不同的地方。

我把他的头放进衣柜。在这一天即将结束的时候，我的身边就只剩下了科什卡。

我知道，乔治会永远和我在一起，他会永远和我们每一个人在一起。

我知道，我就是乔治。

我知道，我们每个人都是乔治。

我知道，每天早晨当我们醒来，我们都是全新的孩子，我们都经历了重生。

我们都是全新的孩子，我们将创造出一个崭新的世界。